失業賢者の成り上がり
THE RISE OF THE UNEMPLOYED WISE MAN
～嫌われた才能は世界最強でした～
三河ごーすと イラスト ごくげつ
キャラクター原案 おおみね

THE RISE OF
THE UNEMPLOYED WISE MAN
CHARACTER
カルナ・ネクロモーゼ
【賢者】の天啓と【死霊術】の才能に恵まれた少年。
若くして勇者パーティーからスカウトされるが……!?
セシリア・イスラフィーリス
七大魔王の一人たる、色欲の魔王。
魔王だが人間のカルナの底知れぬ実力に惚れ込んでいる。

ベルフェゴール
セシリアの配下の魔族。
ノリス・パラディウス
【勇者】の天啓と【英雄化】の才能を持つ勇者。
アイシャ・アリステル
【アイテムマスター】の才能を持つ暗殺者。

震えるカルナの隣で、
セシリアは取ったバスタオルで
身を隠すと、濡れ髪のまま
少年の耳元、頬の近くへ
顔を寄せていき、
顎先をクイッとつまみあげる。
「もう！……いいでしょ、
ささやかな趣味なんだから。
悪い子ね、まったく」

「すいません！ごめんなさい！」

「顕現せよ、灼熱」

静かな声と共に、少年は再び天啓を輝かせた。

拳に宿った鬼火が鼓動のように脈打つ。

凝縮された炎が深紅からさらに燃焼し、
宝石のような蒼へと変わっていく。

カルナが持つ膨大な魔力が変換され、
奥義が解放される。

「――【火之迦具槌《ヒノカグツチ》】!!」

迫る巨岩に、少年が炎の拳を叩き込む。

するとその瞬間、天が『爆ぜた』。

CONTENTS

THE RISE OF THE UNEMPLOYED WISE MAN

Story by mikawa ghost　Art by gokugetsu

ダッシュエックス文庫

失業賢者の成り上がり
～嫌われた才能は世界最強でした～

三河ごーすと

プロローグ PROLOGUE

忌《い》まわしき《外なる神々》の支配からヒトが自らを解放してより数百年――。

正しき天界の神々の祝福のもと【天啓】を授かる人類と、邪神を崇《あが》め人の魂を糧《かて》とする邪悪な魔族は、大陸を二分する争いを続けていた。

満十三歳を迎え、成人式として行われる【天啓の儀】により、人類はその適性から導かれた【才能】と、それを活《い》かす技術【職業】を聖なる刻印として授けられる。

中でも優れた刻印を持つ者を【金印持ち《ギフテッド》】と呼び、彼らは選ばれし者として王や教会に仕える騎士となり、あるいは冒険者となって王国を守る。

邪悪なる魔族から人類を守るため、天の神々と教会が創りし運命。

されど、それに逆らい人類の敵となった者がいた。

——嫌われし【才能】の【世界最強】。


魔王の誘いに乗り、後の歴史に栄光と悪名を刻んだ少年。

人類を、魔族を、世界を敵に回してなお勝ち続け、新たなる時代を築く者の伝説は——。

王国中西部辺境。魔族領にほど近い、とある竜の巣より始まった。

第一章　最強賢者、失業する

「『地底に眠る伝説の地竜を倒し、その【瞳】を持ち帰れ』――か」

古びた画鋲《がびょう》で端が裂け、古びた羊皮紙《ようひし》に書かれた文字を幼い声が読み上げる。

最寄り街の魔術師ギルドが発給した正式な依頼書だ。しかし受理されたのは二十年も前、期限が特に決まっていないのでまだ残っていたが、依頼者も覚えていないだろう。

それも当然だ。地竜と言えば遠い古代、勇者と教会が邪神を退けて大陸を手にする以前、世界の主だった最強種族の末裔《まつえい》。勇者ならざる冒険者に勝ち目などない。

（だから誰も挑まないまま、二十年も経っちゃったんだね。……けど！）

汗ばんだ掌《てのひら》にぎゅっと依頼書を握り込み、少年は前へ目を向ける。

（これをやらないと……僕は、明日のご飯も食べられないいんだから!!）

地に足のついた、いささか情けない決意。

火山帯が近いのだろう、踏みしめた粗末な靴底《くつぞこ》がじんわりと熱い。岸壁などに含まれる岩が炎と大地の魔力を帯びてぼんやりと光る中、砂色の鱗《うろこ》が波打つように身を起こした。

──ほとんど小山のような肉の塊《かたまり》。

十三歳、女の子並みに華奢《きゃしゃ》で体格に恵まれない少年と比べれば、それこそ山だ。

敵対する？　ありえない。そびえる崖《がけ》や岩山に挑む奴がいたら馬鹿だろう。一枚一枚が騎士の盾に匹敵する無敵の鱗、城壁をも砕《くだ》く爪や牙、教会の尖塔《せんとう》のような鋭い角《つの》。

洞窟《どうくつ》の天井にも届きそうな巨大な翼を広げ、硫黄臭《いおうくさ》い息を吐く巨大生物。

「脆弱《ぜいじゃく》なる人間よ。偉大なる竜王の贄《にえ》となることを誇りに思うがいい」

依頼書にも記されていた伝説の「地竜」は、驚くほど明瞭な人語で話す。

当然だろう、その座から降りたとはいえかつての【最強】。

ただの羽根つきトカゲではなく、巨体と叡智《えいち》を併せ持つのがドラゴンだ。黄金色に輝く爬虫《はちゅう》類《るい》の眼が、二十年ぶりに現れた討伐者《とうばつしゃ》を値踏みするように睨《にら》みつける。

対する少年は、一言で言うならば──

「しかしなんと貧相な小僧か。食糧にしてはあまりに小さく、生贄としては汚らわしい」

淡い栗色の髪に白い肌。整った童顔は、とても可愛《かわい》らしく映るはずだ。

しかし、その衣服はごくありふれた布製で、ドラゴン討伐に挑む冒険者とは思えない。安っぽい縫製《ほうせい》は職人ではなく、家族の手縫《てぬ》いだろう。まともな武器すら持っていない。

だがその身にまとう不気味な魔力と、周囲を飛び交う朧《おぼろ》な白い影、その正体は。

「亡霊《ゴースト》だと……我が床《とこ》に穢《けが》れを招くなど、万死に値するわ!!」

『きゃ〜〜っ!?』

竜の咆哮《ほうこう》を受け、クラゲのようにふわふわと亡霊たちが逃げ惑う。

死者の怨念《おんねん》が現世に残り、生者を呪う魔物のはずが、まるでふわふわとした風船じみたその姿は、どことなく可愛げさえ漂っていた。

「その罪、我が糧《かて》となって償え!!」

「!!」

巨大な爪が襲いくる。背丈ほどもある刃を前に少年が僅《わず》かに身構えた。

手を突きだし、まるで受け止めようとするかのような姿勢。

だがそんなもので竜の爪が、小山ほどの質量を乗せた打撃が止まるはずもなく……!

――ズゥウンッ!!

激震が走り、弾き飛ばされた岩や砂が煙のように立ちのぼる。

「グハハハハハ!! 脆弱、脆弱なり人間!! 我らが眷属《けんぞく》が地上を奪還する日は近――」

仕留めた獲物を確かめるように、竜が地に突き立てた爪を持ち上げた。

洞窟を吹き抜ける熱い風に、土煙が吹き流される。そこを竜の瞳が覗《のぞ》き込むと。

「!?」

爪が阻《はば》まれ、止まっていた。

少年の周りをフワフワと頼りなく浮いていた亡霊がピンと張りつめ、異様な弾力を以《もっ》て爪ごとドラゴンの前脚を押し返している。

『まもる。ふせぐ。――ぶつりはむこう!』

「小癪《こしゃく》な……ッ!?　うおおおおおおおおおおっ!?」

亡霊どもに触れていた爪が、前脚が、ビシリと音をたててひび割れた。

痛みはない。血の一滴も流れない。凍りついたのですらない。

「グおおおおおおおおおお!!　我が前脚があああああ!!　なんだ、これは!?」

燃え尽きた香《こう》の灰がボロリと崩れるように、屈強な竜の前脚が根本から折れる。

洞窟の岩肌に転がるソレは、鋼《はがね》の鱗も熱い血潮《ちしお》も消え失せた灰の塊となり、落下の衝撃で崩れ去る。痛みがない、熱さもない、冷たさすらも感じない。

ただ『欠けた』。

血の一滴も滴《したた》ることのない前脚の断面を唖然《あぜん》と眺め、竜は長い首を反らして悶《もだ》え苦しむ。

「前脚だけ……っていうのもやればできるんだね」

少年はほっと息をつく。その面持《おもも》ちに恐怖はない、あるとしたら不安と緊張。

「これなら、力を抑えればなんとかなるかな？」

右の掌を確かめるように見つめると、その甲に淡く刻印が輝く。

無造作《むぞうさ》としか思えない仕草で、少年は竜へそれを向ける。有り得ざる事態を把握《はあく》できずにいたドラゴンが驚愕《きょうがく》に仰《の》け反《ぞ》り、わずかでも死の予感から逃れようとあがく。

「【腐敗の風】」

――ゴッ!!

死の魔法の発動が、竜の生存本能を上回った。

少年が掲げた掌から灰色のガスが噴き出し、竜の巨体を吹き抜ける。煙が触れた部分の肉が壊死《えし》して崩壊し、爪や鱗や牙までもがボロボロと崩れ落ちていった。

「～～～～――!!」

悲鳴すら上がらない。魔法で生成された即死ガスの嵐は、わずかに触れただけでもその命を腐敗させ、ボロボロと崩れる哀れな屑《くず》へと変えていった。

ドラゴンの突き出た鼻先が崩れ、鱗が剝《は》げて肉が侵される。カサカサに乾いた肉が風に吹き飛ばされ、硬直した頭からボロリと黄色い眼球が転がり落ちてゆく。

「あ、瞳だ！」

一抱えほどもある眼球に、少年は嬉々として手を伸ばす。

竜の肉体は鱗や牙や角は当然として、血の一滴や肉のカケラに至るまで魔力を帯びる。

当然その価値は計り知れず、その瞳は特殊な魔術的処理を施《ほどこ》すことで万里《ばんり》を見通す道具、いわゆる遠見の水晶球として離れた場所を映し出すアイテムとなるのだ。

「良かった、うまくいった……あれっ!?」

透き通った光を放っていた眼球は、白く濁《にご》ったように曇っていた。

違和感に気づいた少年が声をあげる。が、時すでに遅く、曇りはさっと全体に広がっていき、滑らかだった表面がひび割れて、腐った中身がドロリと漏《も》れてきた。

「ああ、戦利品が……。これじゃクエスト報酬《ほうしゅう》もらえないよ……」

瞳を拾い上げようと半分腰を曲げたまま、少年は絶望して言った。

その間にも腐敗は進み、ドラゴンの屍《しかばね》は鱗一枚、爪一本残さずグズグズに溶けて、今や分解され尽くした汚い灰の山と化している。

こうなってしまえば貴重な竜もただのゴミ。素材のかけらも手に入らない腐ったチリの山でしかなく、討伐《とうばつ》の証拠になるようなものすら残っていなかった。

「ギルドの人に無理言って、強引に請けてきたクエストなのに。高難度の依頼だけあって、やっぱり難しかったなあ……。最低出力でもここまで崩れちゃうなんて」

嘆《なげ》く少年だが、解る者が聞けばそのおかしさに気づくだろう。

本来ドラゴンは高い抗魔力、魔法に対する耐性を備えている。人類最上位の魔法使いも攻撃呪文を通すことは諦め、味方の支援に回るのがセオリーというほどなのだ。

対して【腐敗の風】――強烈な死の呪いを込めたガスを噴射し、触れた敵を即死させるような魔法は、術者の魔力に対して抵抗できれば一切効果を及ぼさない。

耐性を持つ相手に一方的に有利な攻撃をしておきながら、それを正面から呪文を通して即死させる。それはつまり、この小柄な少年が竜を直接ネジ伏せた……ということ。

ありえない、ありえない、ありえない。

何度言葉を重ねても足りないほどの奇跡を起こしながら、少年は切なげに袖《そで》をまくる。

（【天啓の儀】で僕に与えられた刻印は、職業【賢者】。才能は【死霊術】……。どちらも強力だって聞いて喜んだけど、とんでもなかったなあ）

右手の甲に刻まれた【天啓】の刻印は、持ち主に高度な魔法の知識と技術、そして彼の魂が秘めた潜在能力、適性を目覚めさせる。

つまり、授かった時点でどんな人間も最低限の実力を持つ職人や技術者になれるのだ。

中でも戦闘に長《た》けた【職業】と【才能】に恵まれた者は身分証の字《あざな》に金の印を捺《お》されることから【金印持ち《ギフテッド》】と呼ばれ、人々に尊敬される。

「古代竜だって聞いてたけど、ぜんぜん違うよ。生まれてから百年くらいの新竜じゃないか。

これ依頼ミスだって言ったら少しは報酬もらえないかなあ……?」

はあ、少年は深くため息をつく。

年齢を重ねた強力な古代竜だと思ったから、少しきつめに魔法を使った。

だが相手は新竜、生まれてから百年ほどの若いドラゴンだった。想定していた古代竜に比べればその魔法防御は貧弱で、その遺骸《いがい》は骨も残さず腐り果て、消えてしまっている。

こんなことなら反撃されるのを覚悟の上で、もっと手加減すべきだった。

「最初のガードでうまく前脚だけ崩せたから、うまくいくと思ったんだけどなあ。まさか一度崩しただけであそこまで抗魔力が落ちるなんて、知らなかったよ」

肩を落とした少年の周りを、心配げに亡霊たちが取り囲む。

『かるな、だいじょぶ?』

『げんき、だして』

悍《おぞ》ましい怨念《おんねん》の囁《ささや》きが、小鳥のような囀《さえず》りに聞こえるほどの力の差。

常人ならば触れただけで精気を奪われる亡霊たちを、手乗り文鳥のように軽く扱い。

希代の賢者にして死霊術師たる少年——カルナ=ネクロモーゼは、失敗したクエストの始末と、これからの行く末について悩むのだった。

「ドラゴンなら耐えると思ったのに……。高難度のモンスターは貴重だし、成功するまで練習する、なんてことができないからなあ。あと百頭くらいいればいいのに……」

『おおすぎ。じんるい、ほろぶ？』

「そうかなあ……。これくらいなら頑張れば倒せると思うよ。僕が楽勝だったくらいだし、大《お》袈裟《げさ》に怖がってるだけじゃないかな、みんな」

亡霊に受け答えしながら、ポケットの財布を探る。

頼りない重さ、硬貨が擦れる音すらしない。銅貨数枚しか入っておらず、シラミだらけの馬小屋に一泊して、具なしのスープとカビが生えたパンすら食べられない額だ。

（もっと練習したいけど、強いモンスターって人里近くにはいないし、討伐依頼も実績のあるパーティーが請けるから、飛び込みの単独じゃ請けることすらできない）

いかに金印持ちとはいえ、何の実績もなければ信用されない。

公表され、ギルドに回覧されている経歴の最初にデカデカと汚点があればなおさらだ。カルナの評判と信頼度は最低どころかさらに下、【要警戒】とかのレベルである。

（これも掲示板の一番奥、二十年も塩漬けになってる依頼をやっと見つけて請けたのに。失敗したんじゃ、もう回ってこないよね……）

一応、仕事がまったくないわけではない。

弱いモンスター、下水道の害虫駆除《くじょ》や家畜を狙うゴブリン退治、そういう依頼なら今のカルナの評判でも受けられる。だが、逆にそうした依頼は専門の冒険者の領分なのだ。

金印持ちだけが冒険者ではない。むしろ多少嚙《か》み合わない天啓を持ちながらも冒険者としてモンスターと戦い、人類を守り、財宝を求める者は多いのだ。

そうした有望株も、駆け出しの頃は必ず安い依頼をこなす。ギルドのそうした依頼は、彼らに対する栄養費、成功と報酬で自信をつけ次のステップへ進むためのもので。

(僕みたいな金印持ちには、受付の人がめちゃくちゃ渋るんだよね……)

あの『また来たの?』と言わんばかりの呆《あき》れと蔑《さげす》みの視線だけは、心が痛む。できればそんな空気を読まない真似《まね》はしたくない。他に稼《かせ》ぎ口があれば喜んでそうする。けれど高難度の依頼は信頼度から受けられず、安い依頼はしがらみで無理とあれば。

どうしようもない。詰んでいる。文字通りの、『失業』……!

「はあ……。いっそ迷惑を承知の上で、小さい依頼をこなすべきかなあ?」

土下座《どげざ》でもなんでもする覚悟はある。だがゴリ押しでそれをしたところで、得られる稼ぎは微々たるものだ。自分の生活費くらいはなんとかなっても、目的のためには足りない。

「実家のお祖父《じい》ちゃんやお祖母《ばあ》ちゃん、仕送りを待ってるよね……」

期待を裏切りたくは、ない。

たっぷりと受け取り、送る予定だった仕送り額。今の財布の中身を百倍しても足りない、それだけの稼ぎがある予定だった。が、今のカルナにはとても届かず、少しでも金になる何かが残ってやしないかと、グズグズに崩れたドラゴンの残骸《ざんがい》を指でまさぐる。

「……あ！」

原形が残った牙のかけらに指が触れて、嬉々としてそれを手にしたが。

「あああぁあああぁあぁあぁぁぁ……。崩れちゃった……！」

芯まで腐った素材はあまりにも脆《もろ》く、指で挟まれただけでボロリと崩れる。

一瞬希望を持っただけに、ズシッと徒労が重くのしかかる。惨《みじ》めな思いを抱えたまま、カルナは呪いとしか思えない印、金印持ちの称号がもたらしたものを思い返した。

（勇者パーティーに雇ってもらえて、安定収入が約束されてたはずなのに。なんでこんなことになっちゃったんだろう……？）

カルナ＝ネクロモーゼ、十三歳。

失業賢者にして、無自覚な世界最強の少年はつい先日、人生を壊されたばかりだった。

失業し、破れかぶれの地竜討伐に挑むより一か月ほど前――。

＊

大陸中西部、ジールアーナ地方辺境の村。開拓地の外れに、ネクロモーゼ家の農場はある。

このあたりは悪名高いカルカザーンと呼ばれる地。荒廃した魔王領にほど近く、水資源が乏《とぼ》しい。

川沿いやオアシス付近の有望な農地はとっくに他の開拓者に占領され、残った痩《や》せ地を牧場にして牛馬を飼い、祖父母と孫が三人で暮らしている。

暮らし向きは悪い。土地が痩せているため家畜も肥《こ》えず、市場で買い叩かれるからだ。よく掃除《そうじ》されて清潔ながら粗末な掘っ立て小屋、食卓に並ぶメニューも粗末なもので。

「ごめんね、今日も茹《ゆ》でた芋《いも》しかないけれど。せめてたくさんお食べ？」

「ううん、大丈夫だよ。僕、お祖母ちゃんの茹でた芋が大好物だから！」

コトンと置かれた木の皿に、お湯で茹でただけの芋が湯気をたてる。四角い食卓には祖父、祖母、そしてカルナが座り、もそもそと歯の欠けたフォークで芋を突く。

「とはいうものの、せめてバターくらいはのせてやりたいねえ……」

しみじみとフォークをしゃぶりながら、祖父が残念そうにつぶやく。

「かといって牛乳を売らないと芋や塩すら買えないし。畑を作ろうにも牛に飲ませる分で精一杯で、水がとても足りないからねえ。……ははは、いやいや。どうしよう」

「どうしよう、じゃありませんよ。大切な娘夫婦の忘れ形見にこんな苦労をさせて……」

すまなそうな祖父母の周りを、ふよふよとした白い塊《かたまり》が浮いている。

いたずら好きで人なつっこい亡霊たちだ。祖父母に気を遣って霊視ができない人間から姿を隠しているのだろうが、カルナの眼にははっきりと映ってしまう。

「カルナもとうとう十三歳なんだねえ。教会の司祭様はなんと言ってたって？」

「お祖父さん、そのことはもう十回は聞きましたよ。カルナもうんざりでしょうに」

「いやいや、すまんすまん。まさかこんな田舎町《いなかまち》から【金印持ち】が出るなんてなあ」

「あはは。確かに司祭様も、びっくりしてらしたけど」

カルナの家は街から遠い。馬を走らせても二日かかり、それだけに日々の勤めに教会へ出向くこともほとんどなかった。幼少期は農場で時を過ごし、モンスターが出るために野山を駆け回るようなこともせず、敷地からあまり離れずに育っている。

そんな少年の楽しみといえば、亡くなった両親が遺《のこ》した本を読んで独学ながら勉強をし、祖父を手伝っての畑仕事や、稀《まれ》に訪れる行商から買う街のお菓子や小説くらいだった。

王国中央ならともかく、辺境それも街から離れた開拓地では当たり前の生活だろう。

そして十三歳。精一杯の晴れ着を着込み、ろくに面識もない都会や方々《ほうぼう》の開拓村から集められた同じ年頃の子供たちと一緒に、街の教会で【天啓の儀】を受けたのだ。

（大騒ぎになったんじゃろう？　いやはや、ワシらも見てみたかったわい）

（あはは。でも、注目されるのは苦手だし、嬉しくはなかったかな……？）

耳元に届いた声ならぬ声に、同じく思念で答える。

視線を向けるまでもない。ふわふわとした姿の亡霊、ただし綿菓子のような髭《ひげ》を生やし、つぶらな瞳に好奇心を輝かせた、コミカルな老人風のものがその方向に浮いている。

近所に住んでいた【お爺《じい》さん】――特に名前も聞いていない地縛霊《じばくれい》だが、天啓を得た後、腕試しに挑んだある場所で出会い、好意で仲間になってくれた霊だった。

「王都のギルドに情報が登録されて、身分証が届いたのが先週。そろそろ進路を決める時だけど、まず騎士団は止めたほうがいいって言われてるんだ」

「おや、そうなのかい、カルナや？　確か職業は【賢者】、才能は【死霊術】だったね」

「うん。強い能力だけど、死霊術は騎士の人たちにウケが悪いから、って」

【天啓の儀】を授けてくれた地元の司祭によれば、あまり出世は望めないらしい。

各地で一斉に行われる儀式のあと、金印持ちの情報は一斉に王都のギルドへ登録されて、その情報を元にスカウトが来たり、あるいは自分から希望する進路を選ぶことになる。

心配げな祖父に、カルナは当時のことを思い出しながら話し続けた。

「やっぱりアンデッドを操ったり、死に関する魔法はイメージが悪いらしいんだ。だから、なんでもありな面がある冒険者の方がいいんじゃないか、って司祭様が」

「冒険者……。危ないことをするんじゃないのかい？　だとしたら、怖いねえ」

「うん。でも、この間の【腕試し】のおかげで、少しは度胸がついたと思うんだ」

天啓の儀を終え、帰宅した後。

身分証を受け取るまでの待機時間に、近所のある場所に通っていた。【お爺さん】との出会いともなったそこでの修行のおかげで、戦いにはずいぶん慣れた気がする。

「だから、僕は冒険者になろうと思うんだ。すごい立派な大賢者になって、たくさんお金を手に入れて、うんとおいしいものを食べさせてあげるからね！」

にっこりと笑い、塩味しかしない芋を突く。

その中にほんのわずかに浮いた赤いカケラは、とっておきのベーコンだと知っていた。

自分たちの皿に盛ることなく、孫の皿にだけこっそり肉を忍ばせてくれた祖父母の愛に応える術《すべ》は、育ててもらったこの力で何倍にもして返したい、そう願って。

「うおおおおおおおおおん!!　なんていい子なんじゃあああ!!」

「いいんだよ、カルナや。わしらのことなんて、気にしないで。幸せになっておくれ！」

「うむ！　うむ！　そうじゃ！　そうじゃとも！」

子供らしい覇気《はき》を示した孫に、祖父母は思わず感極まって涙をこぼす。

皺《しわ》だらけの顔をくしゃくしゃにする二人に、カルナは小さく首を振って、

「ううん、ずっと決めてたことなんだ。小さい頃、お父さんとお母さんを亡くした僕を引き取って、育ててくれたのはお祖父ちゃんとお祖母ちゃんだから」

両親の顔もほとんど覚えていないカルナにとって、家族といえば祖父母だけだ。

痩せこけた土地を必死で開墾《かいこん》し、朝から晩まで熱心に働いて自分を育ててくれた。その苦労を知っているから、少しでも楽にしてあげたいと思う。

「今度は僕がたくさん稼いで、いっぱい贅沢《ぜいたく》をさせてあげるんだ……って！」

「「〜〜〜っ！」」

そのために戦う。ささやかでも、小さくても、家族を守って幸福にするために。

迷いのない満面の笑顔で言い切るカルナを、まず祖母が抱きしめた。追うように祖父もぎゅ

っと上から身を寄せて、枯れ草の香りとほのかな温もりが伝わってくる。

「うおおおおん！　なんていい孫なんじゃあああ！」

「わわっ、苦しいよ、お祖父ちゃん！」

きつく抱きしめられ、かっと頬《ほお》が熱くなった。

ニコニコと浮いている亡霊たちの微笑《ほほえ》ましげな視線が気になる。もう天啓を得て大人になったはずなのに、まだまだ赤ん坊のように扱われるのが少しだけ恥ずかしかったのだ。

——コツコツ。

強めにノッカーが叩かれ、厚い木戸が来客を告げる音をたてる。

「あ、はーい！」

チャンスだ、とばかりに祖父母の手をやんわりと抜けて、カルナは玄関の扉を開ける。

燦《さん》とした陽の光、眩《まぶ》しさに眼が細まる。青空を背負うように、黒髪の少年が立っていた。

「こんにちは！　カルナ・ネクロモーゼくん、十三歳……で、いいんだよな？」

ハキハキとした勢いのある喋《しゃべ》り方だった。

肌はほどよく陽に灼《や》けているが、街でよく見る農夫の灼け方とは違う。

陽に晒《さら》され続けたざらざらした肌ではなく、ツルリと美しく整っているからだ。

（貴族さま、かな？　……今まで見たことない人だけど）

顔立ちは整っている。適度に鍛えられた逞《たくま》しい体格と長身に、青い鋼《はがね》作りの鎧《よろい》と家紋が縫《ぬ》い込まれた上着を軽く羽織《はお》った姿は、噂《うわさ》に聞いた人類のため戦う騎士のようだ。

（うわぁ……強そう。それに、お金持ちっぽい……！）

地元の街にいる『冒険者』といえばたいがい農夫と兼任で、樵斧《きこりおの》などを片手に畑を荒らすささやかなモンスターを追い払うくらいがせいぜいだ。

騎士風の青年がまとう装備、そのいかにも強そうな鋼の輝きなど見たことがなく。

（カッコいい……。こんな人が、うちみたいな田舎になんの用だろ？）

辺境の国境地帯だが、ここは街道から大きく外れており、モンスターもあまり現れない。土地が痩せているせいもあり、襲うならもっと旨《うま》みのある村や町がいくらでもあるせいだ。

そんな平和なド田舎に、小説に出てくるような壮麗《そうれい》な騎士が現れた、その理由は。

「は、はい！　そうです。何か御用でしょうか!?」

「ははは、そう緊張しないでくれ。王都で登録情報を見てきたんだが、キミの天啓は【賢者】で【死霊術】――蘇生《そせい》魔術が扱える、貴重な能力だね」

慌てて言うカルナに、手元の紙に視線を落としながら青年は答える。

そこに書かれた刻印の模写と名前は、カルナが登録して王都に送った情報だ。

（こ、これってもしかして……スカウトってやつ!?）

騎士団、教会、冒険者ギルドなどが有望な金印持ちに声をかけ、よそに所属される前に獲得するという話は聞いたことがある。まさか自分に声がかかるとは思わなかったが。

(後ろの女の人達もなんだか凄《すご》そうだし……。やっぱり、そうだよね？)

騎士らしき青年の後ろに、二人の美女が並んでいた。

一人は金髪に白い鎧を纏《まと》った女騎士。もう一人は黒髪を高く結い上げ、異国風のドレスをまとった活発そうな美人で、どちらもただの美女とは違う、戦士の空気を漂わせている。

「あ、ありがとうございます……。僕がカルナですけど、その……みなさんは？」

「うん、名乗るのが遅れたね。俺はノリス・パラディウス、十八歳。天啓は【勇者】で、才能は【英雄化】。天啓を得て五年、剣の修行を積んで今年旅立ったばかりだよ」

「――ええええええええええええええええっ!?」

とんでもない声が出てしまい、カルナは慌てて口を塞《ふさ》ぐ。

(勇者！　勇者様が直接来るなんて……何しに？　僕に会いに？　本当に!?)

天啓の儀により授けられる職業の中には、他に比べて強力過ぎるが故に【上級職】などと称されるものがある。いわゆる【金印持ち】の多くがそれだ。

中でも【勇者】といえば――剣と魔法の両方に最高の適性を与える人類の切り札。

それ故に選ばれる者はごくわずか、数十年に一人現れればいいと言われ、選ばれた者は魔王討伐《とうばつ》の使命を託され、王国を挙げた支援と莫大《ばくだい》な報酬《ほうしゅう》を約束される。

「そ、そんな……。勇者さまが、こんなところに来てくださるなんて！」

「よろしければ上がってください。ちょうど食事をしていたところですので……」

「ああ、いや」

チラリとノリスが家を見た。

狭い部屋と茹《ゆ》でただけの芋《いも》だけが並ぶ食卓をフッと笑い、同情をこめて笑いかける。

「ここでけっこう。知っての通り、【勇者】は人類のために魔族と戦い、魔王を倒す使命がある。俺はそのために仲間を集めていてね。君の才能は、俺の作戦にピッタリなんだ」

「そうなんですね！　でも、僕にそんな大役が務まるでしょうか……？」

子供らしい不安を浮かべ、カルナは自分の足元を見つめながら言った。

勇者の仲間になれるのは光栄だ。だが、無邪気に喜ぶにはあまりにも責任が重い。

ノリスは一瞬だけ戸惑ったように瞬きすると、

「ははは、もちろん君にしかできないことさ！　そうだろ、みんな？」

振り返り、確かめるように背後の女性たちに声をかける。

「ええ。そうね。そのためにこんな田舎《いなか》まで来たんだし、いいんじゃない」

「ノリス様のお考えです。間違いありませんわ」

歓迎するように頷《うなず》く仲間たち。そして勇者が笑顔と共に手を差し伸べてくる。

「勇者様……！」

この人なら、信じてもいいのかもしれない。

勇者の仲間となり、憧れていた小説の英雄譚《えいゆうたん》のように華々しく戦う。そんな自分を空想したことが一度もないとは言えない。今、その夢を叶える時なのかもしれない……！

『かるな。たびだち？』

『だいじょぶ。みんな、ついてる！』

亡霊たちが、カルナの周りを飛び回る。

その姿は人には見えないが、死霊術特有のゾワリとした霊気、死の気配を漂わせている。心配げな亡霊たちに囲まれながら、カルナはがくりと肩を落とした。

「でも、やっぱり僕ごときが魔王と戦うなんて……」

「大丈夫。確かに経験不足だが、それだけ成長の伸び代《しろ》が大きいということでもあるし」

彼は一歩踏み出すと、不安げなカルナの肩に手を置いて。

「勇者は国から経済的支援を受けられるからね。仲間にも毎月大金が支給されるよ？」

「やります！」

迷いは一瞬で晴れた。

「あの、いくらくらいになりますか？　僕はお小遣い程度あればいいので、お祖父《じい》ちゃんたちに届けてもらえれば助かるんですけど。そういうのもできるんでしょうか⁉」

「あ、ああ……大丈夫、だと思うよ？　たぶん」

ガッと手をとったカルナの勢いに押され、ノリスが戸惑い。

「現金な子だねえ……」

「ほっほっほ。素直でいい子じゃないか」

祖父母は恥ずかしげに頭を下げ、旅立ちを決意した孫を見送り――。

こうしてカルナ＝ネクロモーゼは勇者の仲間となって旅立ち、故郷を後にしたのだった。

＊

冒険者と兵隊は歩くのが仕事、と言われている。

モンスターを恐れないよう調教された軍馬に乗るのは騎士団の特権だし、その他騎乗系の才能に恵まれた者以外は、己の足で旅をするのが一般的だ。

カルナの実家が育てているような牛や馬は農耕用で、輸送や開拓の労働力となる。余程緊急の報せでもないかぎり、馬に乗って走り回るようなことはない。

理由は単純——目立つからだ。まだまだ野生のモンスターや魔族の勢力が強い辺境地帯、開拓地の周りで派手に走り回れば、それだけ余計なトラブルに見舞われてしまう。

国のバックアップを受ける勇者もそれは例外ではなく、カルナの実家を後にした一行はそのまま最寄りの街まで半日ほどかけて歩き、小さな宿をとった。

「え。個室で寝ていいんですか!? 馬小屋じゃなく?」

「ははは、もちろんだよ。風呂も頼んでおいたから、今日は初日の疲れを癒《いや》してくれ」

「ありがとうございます！　頑張ります！」

深々と腰を曲げて、カルナは部屋へ向かう勇者を見送った。

（ノリスさんたちは三人部屋なのか。そういえば、あの人たちの名前、聞いてないけど）

勇者ノリス・パラディウス。その仲間らしき二人の美女。

鎧姿で金髪なのが、防御に長《た》け回復魔法を操る『聖騎士』らしい。異国のドレスを着た黒髪の女性はあらゆる戦闘技術に通じ、特に格闘技を得意とする『バトルマスター』だ。

実家から街の宿までの半日ほど。

できるだけ打ち解けようと話しかけてみたものの、具体的な返事はろくに返ってこず、分かったことはこれだけだ。ついには話題も尽きてしまい、黙々と歩くことになる。

（歩くのには慣れてるし、これくらい全然平気だけど。ずっと黙ったままだと寂しいな。都会

の人ってやっぱり、ああいう感じが普通なんだろうか）

冷静というか、本音が見えない。勇者ノリスは比較的返事をしてくれたが、女性たちが話に乗ってこないとしだいに口数が減り、あまり盛り上がることもなかった。

（初日だから、しょうがないのかな。もっと打ち解ける努力をしないと！）

通された個室に荷物を置いて、カルナは意気込みを新たにする。

勇者パーティーとして冒険を共にする以上、できれば仲良くなりたい。小説でも最初はギスギスしているが、しだいに実力を認め合って『真の仲間』になるものだから。

（夕食までに一度話しかけてみようかな。王都の話とか聞いてみたいし）

カルナの部屋は一人用の個室。勇者ノリスと聖騎士、バトルマスターは隣の三人部屋だ。

（勇者様、気を遣ってくれたのかな。本当なら勇者様が個室だよね？）

なのに自分に個室を譲《ゆず》り、自分は仲間との相部屋を選んでくれた。

きっと期待の表れ、初日の新人を好待遇で歓迎してくれているのだろう。そう思えば、むしろありがたい気持ちでいっぱいになる。せめて働きでこの恩を返さなければ……！

そんな期待に胸を膨《ふく》らませ、宿の廊下《ろうか》に出る。すぐ隣の部屋をノックしようと、

「勇者さ……」

声をあげかけた時、カルナの意識にある【声】が届いた。

『はあ……ようやく息ができますわ。苦しかったです、臭《くさ》くて』

『何、アンタずっと息止めてたの？　ま、確かに臭かったわよね、あの家。あの子も』

嘲《あざけ》るようなニュアンスを明確にこめた会話。

それは音ではない、霊が心を通わせる時に使う思念の会話、霊話だ。カルナがあたりを見回すと、ついてきていた亡霊たちが壁をすり抜け、勇者達の会話を聞いている。

（これって……勇者様の仲間の、会話？　え？　臭いって……まさか、僕!?）

袖《そで》に鼻を寄せ、嗅《か》いでみる。おかしな匂《にお》いは特にしない。

牧場暮らしだ、多少家畜の匂いがつくのは当たり前で、それでも祖母は毎日洗濯《せんたく》をし、お日様で干して太陽のいい香りをさせてくれていた、そのはずなのに。

『田舎の牧場だもの、ウシ臭いのはしょうがないでしょ。それより見た、あの家の食事。茹でたイモよ、茹でたイモ！　イモがイモ食べてるって共食いじゃないの？』

『……ふふっ。それは失礼ですよ、貧しさは罪ではありませんから』

あからさまな侮辱《ぶじょく》をこめたバトルマスターを、聖騎士がたしなめる。

だがその穏やかさ、優しい声が。

『それよりも——死霊術師と聞いてはいましたが、あのおぞましい雰囲気《ふんいき》はどうにかならないのでしょうか？　死の魔力、アンデッドの気配を常に漂わせているなんて』

『あー、そういえば何かゾクッと、嫌な感じがしたわ。アイツのせいだったの？』

『ええ。情報を得てくれたあの方には申し訳ありませんが、あまり合いそうにありません。うまくやっていける自信がないです。はあ……どうしたものでしょうか？』

『ま、雑用やらせるだけの下《した》っ端《ぱ》でしょ？　役に立たなきゃまた考えましょうよ』

『ええ、ならいいのですが……。勇者様に、それとなくお願いしておきましょう』

『そうね。ノリスは今お風呂だし……そうだ。いっそ一緒に入っちゃう？』

『はい。……勇者様の疲れを癒すのも、私達の役目ですから。ふふふ……♪』


一転、浮ついた雰囲気と衣擦《きぬず》れの音。

水音と湯気、男女三人がはしゃぐ気配に——。

「止めて。……戻ってきて、みんな！」

『は～い！』

強めの言葉で指示すると、勇者一行の部屋にまで入り込んでいた亡霊達が戻ってくる。

「ダメだよ、よその部屋に勝手に入っちゃ。二度としないようにね」

『じゃがのう、カルナや。あれはちと……問題がある気がするのじゃが』
『なんだか、へん。あいつら、やなやつ』
亡霊達が口々に言う。確かに、現実は小説とはちょっと違った。
打ち解けるどころか嫌われつつある。その事実はカルナの心を重くする、けれど。
(あの人たちは、伝説の勇者一行なんだから。今はぶつかっても、きっと……)
いつかわかってくれるはずだ。そう、まだ何もしていないのだから。
「これからの冒険で頑張って、実力を見せれば……!　わかってもらえるよ、絶対!」
『お〜っ!』

念のため服を全部洗濯し、風呂にしっかり入った翌日のこと。
活躍のチャンスは、驚くほど早くやってきた。

＊

「オーガ……か。初戦としては手強《てごわ》いが、カルナ君!　君の力を見せてもらおうか!」
「はい!」

大峡谷《だいきょうこく》を塞《ふさ》ぐように立つ巨人──《人喰鬼《オーガ》》は、綱を束ねたような筋肉をもつ怪物だ。

ここ数日街道を塞ぎ、道行く旅人を襲っては餌食《えじき》にしたらしく、腰を覆《おお》う汚れた布切れには凄惨《せいさん》な血の痕が点々と残り、丸太のような牙が生えた口からは、腐ったような口臭が漂う。

「グオオォォォオオオォォォォォォッ!!」

素手で、武器はない。しかしその巨体は暴力そのものだ。

その巨大な掌《てのひら》で対峙《たいじ》する四人、勇者、聖騎士、バトルマスター、カルナを虫けらのように叩き潰そうとしたその寸前、カルナの右手に光が宿り、天啓の印が輝く。

「──《死霊弾《ゴーストショット》》!」

詠唱《えいしょう》と共に、傍に侍《はべ》っていた幽霊たちにかりそめの実体が与えられ、弾丸となって唸《うな》る。

鉄壁のような胸筋が貫かれ、肋骨《ろっこつ》が潰れ心臓が止まる。まるで粘土の人形でも潰すかのように、即死した鬼が土煙をあげて血濡れた街道に転がった。

「やった！　どうですか、みなさん！」

歓喜の声をあげてカルナが振り向く。倒れた鬼は絶命し、水滴のような形に実体化した幽霊たちが、初手柄を誇るようにまとわりつく、が──。

(うまくいった！　これで少しは認めてもらえるといいな)

仲間たちの反応は、カルナの予想とは違っていた。

「ひっ……！」

嫌悪感も露わに、白銀の鎧をまとった聖騎士が後ずさる。

ふよふよと飛び交う亡霊たちを見る視線は恐怖と嫌悪で震え、悍ましげに歪んでいた。

「……ちょっと、アンタ！　その幽霊どこから出したのよ。モンスターじゃない！」

「あ、みんなは地元のお爺《じい》さんとか、地縛霊《じばくれい》のみなさんです。持ち霊として僕と契約して、一緒に戦ってくれるんですよ！」

むしろ誇るようにカルナは言うと、無邪気に浮かんでいる霊魂を紹介した。

「僕は死霊術師なので、こういう戦い方しかできませんけど……精一杯頑張りますね！」

『ほっほっほっ。よろしくの？』

独特の声なき声、魂に響くような好々爺《こうこうや》の意思が伝わってくる。

だが緊張を解きほぐすはずの優しい声に、聖騎士はギュッと目をつぶり、汚らわしいというように首を振る。バトルマスターも、怪しげなものを見る眼でカルナを見ていた。

「泣きついてきたら助けてやってもいいか、くらいに思ってたけど……」

「勇者様。いくらなんでも、アレは……」

チラチラと突き刺さる視線の棘《とげ》に、カルナは困惑した。

（え？　何か悪かったのかな？　もしかして幽霊が怖いとか、そんなわけないよね？）

モンスターと戦うのが冒険者だ。アンデッドが怖い、幽霊が怖いなどと言っていては、戦いになるとも思えない。普通のお嬢さんならともかく、戦闘要員のはずなのに。

「……まあ、待ってくれ。ギルドから貰《もら》った情報によると、この街道の先には村があって、そこをゴブリンの群れが占領しているはずだ。それを助けてからにしよう」

「えっ、そうなんですか⁉　大変じゃないですか！」

「そうなんだ。村人も助けなければいけないし……何かいい考えはあるかい？」

（勇者様が頼ってくれた？　これは、役に立つチャンス！）

カルナは倒れた鬼の屍《しかばね》の向こう、街道筋の村を見た。

遠く、畑や家々を囲む怪物ども。尖った耳にでっぷり肥《こ》えた男の姿をしたゴブリン族は、広く大陸に巣くう下級魔族だ。生まれつきの野盗ともいうべき生態で、部族ごとに群れをなし、街や村を襲っては金貨や貴重な宝物、女性をさらっていく。

今、ゴブリンどもは略奪に夢中になっているようだ。街道を守っていたオーガが倒されたことにも気づかぬまま、家畜や女性の悲鳴と共に暴れ回っている。

「なんという悍《おぞ》ましい……。勇者様、ここは誉《ほま》れ高く、正面から叩き潰すべきでは？」

「そうね、ゴブリンごときに作戦なんていらないわよ。どうせザコばっかりでしょ！」

最弱の魔族ともいわれるゴブリンと、勇者たちの実力差は歴然だ。

聖騎士とバトルマスターの言葉も間違っていない。正面から戦えばまず負けないだろう。しかし、勇気と縁遠いゴブリンのこと。不利とみればすぐ逃げてしまうはずだ。

「カルナ君、蘇生《そせい》魔法は使えるかい？」

「ええ、もちろんです。聖職者の方が使う魔法とは、少し原理が違いますけど」

「よし！　それならいい。片付けるとしようか！」

勇者は剣を抜き放ち、そう言ってのける。勇者の《天啓》、その力は絶大だ。その力は一軍に匹敵するともいわれ、それこそ村ごと敵を殲滅《せんめつ》できるだろう。

（勇者様がそんな風に人を巻き込むはずないし。きっと念のため、だよね？）

切り込んだ際、どうしても出るだろう犠牲を減らすための確認。

（それなら、この方法でもいいのかな？　うまく使えば、被害を抑えられるはず！）

カルナは勢いよく手を挙げて、攻めかかろうとした勇者を止めた。

「いえ。それなら、こっちも味方を増やしましょう！」

カルナの右手に光が灯る。霊魂を象《かたど》ったような刻印に魔力があふれる。

地面からボコボコと、腐りはてた手が、足が、歯脱けた骸骨《がいこつ》が起き上がる。

ヨロヨロと不気味によろめきながら現れた動く死体は、本物ではない。

「【屍者創生《クリエイトアンデッド》】！　土地に眠る死者の霊を土に取り憑《つ》かせてゾンビ軍団を作りました！」

『オオォォオオォォ……！』

カルナの耳に、魂には彼らの意思が聞こえてくる。

「あの開拓村を作ったご先祖様や農夫のみなさんです。みんなやる気十分ですよ！」

「……ひっ!!」

腐った土をグチャッと歪めて笑うゾンビに、聖騎士が嫌悪感を露わな悲鳴をあげた。

子孫を守り、敵を倒すために復活した死者の軍勢は、おぞましい鬨《とき》の声《こえ》をあげながら村へ突撃していく。背後を衝《つ》かれた形のゴブリン達は、慌てて応戦を始めたようだ。

錆《さ》びた短剣や奪った農具、粗末な武器を持った小鬼が、腐った死体とぶつかり合う。

「ゾンビは完全に破壊されない限り戦い続けます。簡単には倒せませんよ！」

「よ……よし！　ゾンビが戦っている隙《すき》に、村人を逃がすぞ！」

腐汁と小鬼の悲鳴が飛び交う醜《みにく》い戦場。村へ攻め入ったゾンビの群れは、村人を避けてゴブリンのみに喰らいつく。怪物どもが食らい合う間に、勇者が攻め込んだ。

「はっ!!」

「ギッ……!?」

その剣はさすがの冴えを見せ、瞬く間に包囲網《ほういもう》の一角を崩す。

切り伏せられたゴブリンがばたばたと倒れ、勇者は荒れ果てた路地へ踏み込んだ。

「よし、このまま突っ込──」

「ウオオオオオオオオオッ!!」

振り向いた瞬間、隠れていたゴブリンが棍棒《こんぼう》を振り下ろす。

勇者が気づき、ハッと手にした剣を振るうより、迅《はや》く！

「勇者様、危ない！【汚泥の弾丸《ダーティーショット》】！」

……グチュッ！

粘りつくような音をたてて、穢《けが》れた泥の弾丸がカルナの手から放たれる。化け物の顔や胸に命中した肉を溶かし、地滑りのように崩れて骨すら露わに見えていた。

「ノリス！……いやっ!!何これ、汚い!!」

踏み込んだバトルマスターが、早くも腐臭を放ちはじめた怪物に、鼻をつまんで退いた。

穢れた死の泥を浴びたゴブリンが力なくのたうつ。

「き、気持ち悪い……！こんなの嫌、触りたくないわ！」

「大丈夫ですよ。もうそろそろ腐って消えちゃいますから」

「く、腐って消える!?どういうことよ、邪悪な魔法じゃないの!?」

酸《す》っぱい煙をあげながら、息絶えたゴブリンの死骸《しがい》が溶け、蒸発したように消えていく。

「いえ、死霊術の基本攻撃です。毒の泥をぶつけて、ダメージを持続させる魔法なので」

「……」

バトルマスターは横を向き、その表情は窺《うかが》えない。

気を悪くしたかな、と思いつつも、カルナは勇者に手をさしのべた。

「大丈夫ですか？　ゾンビたちが村人を助けていますから、落ち着いていきましょう！」

「あ、ああ……」

子供の手を借り、勇者は立ち上がる。その間にもゾンビとゴブリンの争いは続き、村のあちこちから悲鳴じみた人々の声があがっていた。

「きゃあああああっ!!　ゾンビ、ゾンビが来たわ！　助けて!!」

「こ、殺さないで、殺さないでくれ!!　食われる、ゾンビに食われちまうよ！」

「……！」

パニックに陥《おちい》る村人の悲鳴。だがゾンビの群れは着々とゴブリンを駆逐《くちく》しつつあった。復活した先祖の霊は子孫を守るため必死に戦い、代々の土地から敵を追い払おうとする。

もはや立場は逆転していた。逃げ惑うゴブリンに屍が群がり、汚い悲鳴をあげる。

「ギャアアアッ!!　た、タスゲ……グエッ!!」

「思ったより小さい群れですね。だいたい倒せちゃいました」

軽く目を閉じて群れなすゾンビの動きを把握《はあく》し、戦況を悟ったカルナが言う。

「ヒイイッ!!　バ、バケモノ、バケモノッ!!」

「グイゴロザレルウウウ!!　ヒイイイイッ!!」

略奪品を打ち捨てて、小鬼が村から逃げ出していくが、ゾンビの動きはそれより速い。ゾンビといえば鈍いのが定番だが、カルナが生み出したそれは【走る】のだ。

「――ッ!!」

もはや何もする必要はない。勇者一行が手を下す必要もなく、逃げた小鬼は怒れる死人に追われ、背後からかぶりつかれては次々と倒れていった。


――数時間後。


「みなさん、お疲れさまでした。おやすみなさい！」

グバッ……！

カルナが一礼すると、村外れに一列で並んだゾンビ達が一斉に笑う。

腐った顔で驚くほど豊かな感情を表し、子孫である村人たちに手を振ると、自ら掘った墓穴へ戻り、土を被《かぶ》せて眠りにつく姿はどこか穏やかで、昼寝でもするかのようだった。

「は、はあ……あ、ありがとう、ございました……？」

どこか腑《ふ》に落ちない顔で、村人たちはそれを見送っている。カルナに説明され、一応はそれが復活した先祖だと納得したものの、相手がゾンビでは感謝もしにくい。

「いや、助かったけど……ゴブリンどもの死骸まで埋めてくれたし」

「勇者様のお仲間、だって聞いたが。あれはちいっと……なあ？」

人々は遠巻きにカルナを眺め、陰口を叩く。助けられた手前表立ってはいないが、その眼には隠し切れない困惑と、色濃い恐怖心が染みついていた。

「ありがとうございました！」

そんな人々の視線に気づきもせず、カルナは死者への感謝をこめて礼をする。そんな彼には知るよしもない、彼を見つめる三つの視線、そこにこめられた非難の念を。

「勇者様、あれは。……ないです」

「サイテー。……どうすんの？」

「ああ。アイシャの情報通り、腕は確かなんだが……世間体《せけんてい》が悪すぎる。それに」

苦みをこめた言葉が連なる。聖騎士、バトルマスター、そして勇者ノリス。

結局ろくに剣を振るうこともなく終わった戦いのあと、村人たちの冷めた歓迎と怯《おび》えが混じった謝礼を受けながら、入ったばかりの仲間について結論を下す。

「強すぎる仲間は困るな。このままだと、俺が活躍できないじゃないか」

子供じみた不満をこぼし、『勇者』は笑顔を冷たく強張《こわば》らせてそう言った。

*

「すまない、カルナ君。パーティーを抜けてくれないか？」

「……えぇっ⁉」

破綻《はたん》したのは、勇者一行にカルナが加わってちょうど一か月の頃。

旅の途中、町を離れて街道をしばらく進み、人の気配がなくなった辺りでのことだった。

「あの、僕……お力になれていませんでしたか⁉」

拝み倒すように言うノリスに、急に解雇を言い渡されたカルナは慌ててすがる。

「僕ができることは、地縛霊《じばくれい》とか野生動物とかの霊を操ることぐらいですけど……。戦いには
いつも勝ってますし、うまくやっていけてたと思ってました」

「いや、むしろ凄《すご》く助かってはいたんだけどね？」

ははは、と明るく首を傾《かし》げ、ノリスは最も間近の仕事について語り始めた。

「先日の幻獣キマイラ退治も、カルナの魔法が止《とど》めになったからな。死体が腐って素材が手に

入らなかったのは痛いが、失敗するよりは遥《はる》かにマシだ」

「ええ……。初の大物相手でしたから」

獅子と山羊《やぎ》の頭を併せ持つ魔獣キマイラ。

強烈な炎を吐き、人里近くに出没する怪物を討伐《とうばつ》したのは、つい先日の話だ。

（聖騎士さんが盾と魔法で炎を防いで、その隙《すき》に勇者様とバトルマスターさんが攻撃する手はずだったけど……牽制《けんせい》のつもりで放った魔法が、思った以上に効いちゃって）

【汚泥の弾丸《ダーティーショット》】が直撃し、ドロドロに溶けて――。

「そうよ!!　そいつはパーティーの和を乱すだけの役立たずよ!!」

「ええっ!?」

高く括《くく》った髪を乱し、バトルマスターがカルナに指をつきつける。

お嬢様らしい綺麗《きれい》な肌、しなやかな手はここ一か月、敵の血に汚れたことはない。

「そんな！　いきなり理不尽です、理由を教えてください！」

役立たずというなら、彼女の方だと思う。前衛職なのにいつも後方をウロウロし、戦うどころか仲間になったあの日から、カルナは彼女が戦う姿を見たことがない。

バトルマスターといえばあらゆる武器を装備でき、使いこなすオールマイティな前衛職。中でも素手での格闘戦が得意だという話だが、実は彼女の名前すら知らなかった。

「へえ？　白々しいこと言うじゃない。私が活躍できなかったのは、あんたのせいよ！　ううん、私だけじゃないわ。ノリスの活躍の邪魔までしておいてよく言えるわね！」

「邪魔って……あの、何がですか？」

「あんたが汚くてキモい技で攻撃するせいで、私が攻撃できないじゃない！　私の仕事を奪おうとして、わざとやってるでしょ！」

「え〜〜〜っ!?」

突然のことに、カルナは手を振りながら。

「なんでそうなるんですか？　攻撃できますよね、普通に」

「アンタの魔法、敵をいつもドロドロに腐らせちゃうじゃない。そんなの素手で殴《なぐ》れる？　汚いし、病気になりそうだわ。絶対にイ・ヤ・よ!!」

「え？　【汚泥の弾丸】のことですか？」

死霊術の使い手にとって、【死霊弾】に並ぶ定番中の定番魔法だ。

「あの泥は、魔物の分厚い皮膚《ひふ》や筋肉を溶かして弱らせる効果があるんです。打ち込んだ後に攻撃してもらえれば、すごく有効なんですけど……」

「知らないわよ、そんなこと」

「ええ……。何度も言いましたよね。それに、素手が嫌なら武器を使えばいいのでは」

「ふざけないでよ。勇者の仲間、バトルマスターといえば格闘技で戦うものよ。先々代の勇者、拳聖の時代から続く伝説でしょ？　それ以外使うわけないわ、カッコ悪い！」

「か、カッコ悪い……ですか？」

カルナは呆然《ぼうぜん》と言った。

（生死がかかってる状況で、カッコ悪い？　ええ……そこ、こだわるところなの？）

戦いは命のやり取りだ、とカルナは知っていた。蘇生《そせい》や治癒《ちゆ》の魔法は絶対ではないし、死ねばそれで終わる、そう覚悟すべきだと思っている。

だからこそ最も有効な魔法を選び、迷うことなく使ってきた。そのつもりだった。

「これはパーティーの総意よ。あなたもそう思うわよね？」

「はい……。わたくしも、その……。カルナ君が使う不浄の魔法は、生理的に無理です」

話を振られた聖騎士は、見ることとさえ不快だというように顔を背けていた。

「せ、生理的に無理って……」

そんな理不尽な理由で嫌われても、とカルナは思う。

ずん、と肩に嫌な重さがのしかかるようだ。嫌われている、最低でも好かれてはいない、そう思ってはいたものの、ここまでだとは想像していなかった。

「あの、死霊術ってそういうものなんですけど。ゾンビとか、呪いとか、そういう……」

「酷《ひど》いことを言っているのは承知の上さ。けど、君にも責任があるんだよ?」

いかにも困ったものだと言いたげに、ノリスは肩をすくめる。

「実のところ、もう少し空気を読んでくれると思っていたんだ。君の魔法は外聞が悪いし、大っぴらに勇者が邪悪な魔法を使っているなんて言われれば悪い噂《うわさ》が立つだろう?」

「回復補助かな。正直に言ってもともと君に期待してたのは【蘇生魔術】だけだ。他の、彼女達が嫌ってる気持ち悪い魔法はいらなかった」

呆気《あっけ》ない言い方に、ガラガラと足元が崩れていくような気がした。

「それなら、最初からそう言ってくれれば……」

「当然、気づいてもらえると思っていたんだがね。誰がリーダーか、ということを」

聞き分けのない子供に言い聞かせるように、ノリスは鎧《よろい》に包まれた胸板を親指で示す。

「それは当然、勇者であるこの俺だ。それより活躍するのはダメだし、勇者の伝説を語り継ぐべき庶民《しょみん》の前で、汚らわしいゾンビに手柄を独占させるとか、ありえない」

「……そんな」

カルナがわななく。

自分の才能を買ってくれたと信じていた勇者が、今や厄介者《やっかいもの》を見る眼で見下ろしている。

「確かに、ゾンビ達は見た目は良くありません。けどみんな、家族や土地を守るため力を貸してくれたんですよ!?　決して悪いものでも、汚いものでもありません！」

「それは君の、死霊術師の都合だろう？　そのフワフワと浮いている亡霊だって同じだよ、君にとっては便利な仲間でも、俺達にとっては無礼な覗《のぞ》き魔だ」

最初から死霊術を使うなと言われていれば、カルナはそれに従っただろう。

しかしそんな注意もなく、ただ放置するに任せたのは——変えるつもりがなかったのだ。ヘタに何か言って反省し、態度を変えられてはクビにしにくくなるから言わなかった。

酷い。理不尽だ。情けない言葉が口を衝《つ》いて出そうになりながらも、グッとこらえる。

「待ってください、まだ一か月も経っていませんよ。この場合、僕の報酬《ほうしゅう》は……！」

「使用期間を過ぎてないから、王国からの支給はないんじゃないかな」

一か月にわたる同行で、勇者一行は十数件の依頼を達成している。

その殆《ほとん》どはカルナの魔法による成果だ。その報酬だけでも数百万ゴールドは固い。

「じゃ……じゃあ、せめて依頼の報酬を。分け前だけでも、もらえませんか!?」

「悪いがそれもナシだ。君による風評被害を相殺《そうさい》するには、そんな額じゃとても足りないくらいだが——慰謝料の請求はしないでおくよ、仲間としてね」

支払うつもりは一切、ない。そんな意図が読める皮肉な笑顔。

「こ、困ります！　実家に仕送りしなきゃいけないのに、こんなの酷いですよ！」

「ま、俺としては出しゃばらず、わきまえてくれるなら雇い続けてもいいんだが……」

すがるように言うカルナに、ノリスはちらりと女達の顔色を窺《うかが》った。

「嫌よ。もうこの気持ち悪い子供とは、一秒だって一緒にいたくないわ！」

一瞬も考えず、バトルマスターはキッパリと拒《こば》む。

「元々、アンタはこの子が【蘇生の奇跡】を憶えるまでの繋《つな》ぎに声をかけたのよ。余計なことしなきゃ一緒に旅を続けてもよかったけど、キモい技ばっか使う奴とか、無理！」

「はい。……このひと月の戦いで、無事に奇跡の御業《みわざ》は覚えましたので」

控えめに頷《うなず》きながら、聖騎士もまた追放を肯定する。

（ああ……そういうことか）

その時カルナが感じたのは、どうしようもないという『理解』だ。

（この人達が不満を感じながらも一か月僕と旅をしたのは、楽に魔物を倒すため……）

《職業》の天啓にはさまざまな技術や能力が記されている。

が、最初からすべてが解放されるわけではない。修行によって我が身に馴染《なじ》ませたり、あるいは魔物を倒してその魔力を吸収し、より早く強い力を得られるのだ。

試用期間が終わるまでの一か月間、何も知らないカルナを利用して魔物を倒させた。

そして刻印を強化してほしい必要な力を手に入れたら、あとは——。

（悪評とももども、切り捨てればいい。……そういうことなんだ）

一度は仲間にしたものの、あまりにも邪悪な魔法を使うために追放した。

筋書きはそんなところだろう。むしろ悪評が立てば立つほど、カルナを切る名目になる。

（言い出したのは、バトルマスターさんかな。そして、あの人も……）

汚らわしいカルナの魔法がある限り、バトルマスターは活躍できない。

だから追放したい。そして聖騎士もまた、「気持ち悪い」という感情に任せて同調した。

そして、勇者は……。

「すまないな。俺も心が痛むが、彼女達とは王都以来の仲なんだ――わかるだろ？」

含み笑いに透ける下心を、カルナは見通していた。

（――「せっかくなら美少女をパーティーに残したい」って本音が……丸わかりだ）

爽《さわ》やかな笑顔の裏で、チラチラと女の顔色を窺ういやらしい目線。

聖騎士は高貴な気配を纏《まと》ういかにもな貴族令嬢。バトルマスターはいささか気が強いが、スタイル抜群《ばつぐん》の美人。それに対し、邪悪な魔法を使う子供など……。

（駄目だ……「美しい女性に嫌われた」その時点で、運命は決まっていたんだ）

比べ物にならない。少なくとも勇者の中で、結論が覆《くつがえ》ることはないだろう。

「わかりました……。これまで、お世話になりました！」

打ちひしがれた思いで、カルナは声を絞《しぼ》り出す。

(恨んじゃ、怒っちゃダメだ。空気が読めない僕にも、悪いところはあったんだから)

思えば気づくきっかけはあったのだ。初日に聞こえてしまった不穏な会話や、初の戦いでの煮え切らない態度、冷めた村人の空気を、と意味を理解できていれば改善できた。

いや、だとしても結果は同じだっただろう。初対面の時点で嫌われていたのだから、何をしても無駄だったのだ。だがだとしても、己を責めずにはいられなかった。

涙は出ず、言葉もない。ただ突然の宣告に心が空《から》になっていた。

真っ白な想いでとぼとぼと街へ引き返そうとすると、不意に背後から声がかかる。

「待ってくれ、カルナ君。こんなことになって本当にすまないと思っている」

「えっ⁉」

「少ないが、感謝の気持ちと思って受け取ってくれ。君が反省したらまた声をかけるかもしれないから、その時はよろしくな！」

やたらと明るい笑顔で言い、グッと突き出された小さな袋。

「わあっ……あ、ありがとうございます！」

ほんのわずかだが慰められた。

期待をこめて、カルナは受け取った袋の中身を掌《てのひら》に開ける。

やけに軽い手ごたえがして、チャリンと五枚の貨幣《かへい》がぶつかり、寂しい音をたてた。

（……五〇〇ゴールド？　え、これだけ？　本当に少ない……）

今どき、安い食堂でも昼食一回に少々足りないくらいの金額だ。

出来の悪い貨幣の浅いレリーフ、含まれている銀が少ないせいか黒ずんで錆《さ》びた五枚が、『勇者』がカルナの働きに対してつけた値段だと思うと、もはや怒りすら感じない。

虚《うつ》ろな顔で袋を逆さに振ってみるが、糸くずひとつ落ちてこなかった。

「別れても俺たちの友情は永遠だ。君の活躍を遠くから応援しているよ！」

（この人、なに最後にイイ人みたいな顔してるんだろう）

悪意のない本気の笑顔で勇者は言い、カルナは唖然《あぜん》とそれを受け入れた。

自分の優しさ、正しさ、そういったものを心底信じてなんの疑問も持たない。だからこそ、親指まで立ててにっこりと、何の憂《うれ》いもない笑顔で、捨てた相手に別れを告げる。

「じゃあな！」

「……ノリスったら、優しいんだから。でも、そんなところが……」

「ふふっ、素敵ですよね。勇者の慈悲《じひ》に打たれ、改心してくれることを祈りましょう」

迷いのない足取りで遠ざかっていく勇者一行の背中を、カルナは呆然《ぼうぜん》と見送った。

『カルナや、怒らんのかね。正直それだけの仕打ちだと思うがのう』

「うん。だって、怒っても一ゴールドにもならないし」

人類社会において、魔族と戦う『勇者』は絶対の正義だ。邪悪な術を使うとされ、仲間から追放されたカルナが訴えたところで、嘘だと思われるのがオチだろう。

「あ……そっか」

『む?』

「思い出したんだ。都の吟遊詩人《ぎんゆうしじん》の間でこういうのが流行《はや》ってる、って噂《うわさ》」

騎士物語と同じく、冒険者たちの冒険譚《ぼうけんたん》は詩人たちが語る定番中の定番だ。

中でも最近の流行りは、理不尽な理由でパーティーから追放された冒険者が、新天地で才能を発揮し成り上がっていく、『追放もの』と呼ばれる物語だと聞いたことがある。

「追放系なら、これからいいことあるよ、きっと!」

『そうじゃのう。まあ、物語ほどうまくはいかんかもしれんが』

『きっとある。いいこと! いいこと!』

ふわふわと飛び交う亡霊達に励《はげ》まされ、カルナは勇者の向かった方とは真逆に歩き出す。

『おや、カルナや、実家へ帰らんのかね?』

「勇者の仲間になって一か月もせずにクビとか、心配かけちゃいそうだし……。できればお祖《じ》父《い》ちゃんたちに報せるのは、再就職が決まってからにしたいんだ」

そのためには、最も優れた冒険者が集まるという王都が一番。

就職先となる高名な冒険者達が多く、人類の領域で最も賑《にぎ》わう街だ。

「地元の教会で【天啓】を受けた時に聞いたんだ。王都の冒険者ギルドは国で一番の規模で、有名パーティーや王立騎士団の入団試験へも紹介してくれるらしいよ」

そう考えると、少しだけ希望が出てきて、足取りも軽くなる。


（――こうして僕は勇者一行をクビになり、【失業賢者】となってしまった）


だがこの時、カルナは知らなかったのだ。

ただの冒険者ならともかく、勇者パーティーから外されることの、残酷《ざんこく》な意味を。

＊

カルナが住む大陸中西部、ジールアーナ地方から駅馬車に乗り、七日ほど。

ようやく辿《たど》り着いた王都で、カルナは自分の甘さを思い知らされた。

「え、ダメ……？　この《天啓》なら間違いないって言ったじゃないですか！」

「悪いが、ただの魔術師ならともかく……死人を冒瀆《ぼうとく》するような妖術使い、しかも勇者の期待を裏切るような輩《やから》と分かった以上、王立騎士団が貴殿を受け入れることはできん」

素っ気なく手を振る騎士は、いかにも厄介者《やっかいもの》を見る顔で少年を見下ろす。

(勇者様に追放された悪名が、ここまで広まっているなんて……)

いわゆる雇い止め、奉公構《ほうこうかまえ》。予想通りと言うべきか、勇者一行はカルナと過ごした一か月、死霊術をフル活用した期間の悪評をすべて押しつけてきたようだ。

(僕自身が、死霊術を使ったのは確かだけど……ここまで、しなくても)

本来、戦闘向きの職業と才能が一致した天啓を持つ《金印持ち》は、勇者に次ぐ人類の希望だ。魔族との戦いにおいて最前線を担《にな》う王立騎士団はもちろん、ダンジョンで大金を稼《かせ》ぐ冒険者パーティーにも簡単に加入することができる。

しかし、王都での就職活動は散々だった。

高い物価に悩まされ、手持ちの金はどんどん減る。ついにはまともな宿に泊まることもできなくなり、スラム街の木賃宿《きちんやど》で残飯を煮た炊《た》き出しをすする毎日。

そのくせ綺麗《きれい》に掃除《そうじ》された街並みには毛艶《けづや》のよい猫が歩いており、ボランティアらしき人が肉入りのエサを与えているのを見た時は、「猫になりたい」とさえ思った。

『大丈夫かの、カルナや？　わしらが手伝えればいいんじゃが』

「ありがとう、お爺《じい》ちゃん。でも、この街だとね……」

『うむ。何かあればすぐに呼ぶんじゃぞ、わしらはいつでもお主の味方じゃからな？』

亡霊達ともほとんど話せなかった。

この王都でアンデッドを連れ歩くなど、異端者として殺してくれと言うようなものだ。

教会の総本部があり、彼らは死霊術をはじめとする魔法を大っぴらに使うことを嫌がる。警告なら優しい方で、最悪逮捕されかねない。悪評に苦しむ身としてはなおさらだ。

（騎士団がだめなら、冒険者になるしかない）

これならば手続きは遥《はる》かに楽だ。特に優れた【天啓】を持つ金印持ちはその情報を必ず登録されているので、刻印を見せて身分を証明し、冒険者になると希望を伝えればいい。

が……。

「カルナ＝ネクロモーゼさん。貴方《あなた》、勇者パーティーに所属していたのでは？」

「ええ、そうです。けど、その……お恥ずかしい話なんですが、クビに……」

「そうですか」

ガラリと声音《こわね》が変わった瞬間、カルナの心臓が跳ねた。

【金印持ち】であることを聞いた瞬間、尊敬と興奮にニコニコと笑った男。だが彼は、カルナが提示した身分証明書――天啓の刻印と名前が記されたカードを見たとたん。

それを手元の書類と見比べると、さも面倒くさそうにつまんで捨てた。

「あっ!?」

「残念ですが、当ギルドでは貴方をご案内することはできません。次の方!」

カウンターの下に落ちたカードを慌てて拾うと、チン！　と卓上ベルの音が頭上で響く。

カルナが立ち上がろうとした時、他の冒険者のごつい尻が、つい先ほどまで相談を受けていた椅子《いす》にドサリと沈んで、割り込むように場所を奪っていた。

「ちょっ……！　話は、まだ終わってません！」

「言わないとわかりませんか？　勇者は人類の希望、それに選ばれるのは最高の栄誉です。しかし、一度選ばれながら追放された、となりますと……」

わざとらしくため息をつき、受付の男はペンで机をコッコッと叩く。

「信用、評判は最悪ですね。天啓を失った【破戒印】ほどではありませんが、少なくとも大都市の冒険者ギルドで勇者パーティーの落ちこぼれを雇う者はいませんよ」

「……そうだったんですか。そんなことになるなんて……」

「知らなかった、と？　確かに、事前に説明がなかったのは問題かもしれませんね」

ですが、と言葉を切ってから、

「だとしても勇者様がクビにした以上、貴方に何かしらの問題があったのでしょう。隠しても無駄ですよ。お金ですか、女性トラブルですか？　それとも不名誉な行動を？」

「そ、そんな！　僕はただ、一生懸命に……！」

「本当にそうなら、慈悲《じひ》深い勇者様が追放などするものですか。とにかく、ギルドからの紹介はいたしかねますので、どうぞご自分で交渉してください」

「おう、坊主《ぼうず》。こっちも急いでるんだ、悪いな」

「はい、では本日はどのような――」

何事もなかったかのように、新たに席についた冒険者と受付の男は談笑し始める。

（ギルドが紹介する一流パーティーへの参加は無理でも、普通の募集なら……！）

負けるもんか、とカルナは思った。自分のためだけではない。老いた祖父母のためにも、しっかり稼ぎ、一人前にならなければ合わせる顔がない。

冒険者が所属するパーティーを探すのは、ギルドの紹介以外にも方法がある。

身分や実力を伝え、相性が良さそうな仲間を引き合わせるギルドのやり方は確実だが、時間も手間もかかるからだ。特に天啓が噛《か》み合わず、金印持ちに選ばれなかった冒険者は掲示板や知人の紹介により仲間を集め、パーティーを組む。

カルナが頼ったのも、ギルド内に設置された掲示板のひとつ。

貼りだされた募集から後衛の魔法職を求めているものを片《かた》っ端《ぱし》から選び、連絡をとる。だが、そのどれもが同じパターンで始まり、そして終わっていた。

「へえ、金印持ちの魔法使い!? そりゃすごい、大歓迎だよ!」

まずは最初。どのパーティーも、カルナの天啓を聞いた刹那《せつな》は笑顔で歓迎する。

「……勇者パーティーを追放? 悪いがそれじゃ無理だな、他当たってくれ」

そして真実を伝えた瞬間、コロリと掌《てのひら》を返すのだ。

本当のことを言わず、黙っていようかと何度思ったことか。しかしそんな詐術《さじゅつ》を使えば、それこそ悪評が真実になってしまう。かすかに残った少年の意地がそれだけはさせなかった。

「坊主、災難だったな。悪いが冒険者はもちろん、どこも雇っちゃくれないと思うぜ?」

カルナの話を最後まで聞いてくれたベテラン冒険者の男は、同情をこめて話してくれた。

「信用がない冒険者ってのはゴロツキと同じだ。ほとんど犯罪者みたいなもんで、まともな依頼は回ってこねえ。泥棒を護衛に頼む商人なんていねえだろ、そういうことさ」

冒険者への信頼は、長年かけて培《つちか》う己の名、一生の看板になる。

冒険者ギルドは当てにならない。依頼の仲介や仲間の斡旋《あっせん》はするが、権力のある組織というわけではないからだ。冒険者は己の名前で依頼を受け、それをクリアし、実績を積み信頼を勝ち取って、ついにはその村や町に知られる英雄となっていく。

「……が、お前さんはキツいな。よりによって勇者を敵に回しちまった」

それは、冒険者カルナ＝ネクロモーゼの名に、どうしようもない傷がついた証《あかし》。

「今の勇者は王立騎士団タカ派のドラ息子、仲間は王室御用商人の娘に、教会騎士団幹部のご令嬢だぜ。王都でこいつらに盾突くヤツなんざ、そういねえ」

「それじゃ、都で僕を雇ってくれるところなんて……」

「ない、だろうな。地方でも厳しいだろうが、ここよりゃマシだろう。キツい依頼をソロで受けて、コツコツこなして挽回《ばんかい》するしかねえだろう。悪いな」

「いえ……。ありがとうございました」

その会話を最後に、カルナは王都の冒険者ギルドに見切りをつけた。

とぼとぼと賑《にぎ》やかな建物を後にすると、猥雑《わいざつ》な街並みをさまよい歩く。道端の露店では夕食時を迎え、旅人や酔客《すいきゃく》向けに美味《うま》そうな料理の匂《にお》いが流されている。

（……お金、いくらあったっけ……？）

ポケットを探れば、チャリンと鳴るわずかなコインの音。

今日の宿代、王都を出る馬車の代金を差っ引けば、残った額は――五〇〇ゴールド。

あの勇者から施《ほどこ》され、受け取ってしまった誇りの代金だった。

「坊ちゃん！　山の幸《さち》の串焼き、焼きたてだよ。食っていかんかね！」

「……！」

ごくん、と唾《つば》を飲みこんだ。玉ネギと鶏肉を鉄串に刺して焼いた料理のうまそうなこと。脂《あぶら》で琥珀《こはく》色のタレがしたたり、炭火に触れてじゅうと鳴れば、たまらない香りがする。

「おいしそう……。あの、いくらですか？」

「一本五〇〇ゴールドだよ。今日はもう終わりだからな、パンとスープもおまけだ」

さあ、と勧めてくる人柄のよさそうな笑顔に、つい釣られて小銭を出したくなる。

唇を噛んでこらえた。まだ諦めない、それを証明するために。今腹いっぱいになっても、明日は何も食べられなくなる。生きると決めたから、今日だけではなく明日のために。

「あの。……そのパンだけ、もらえませんか？」

「え？　冷えてて固くなっちまってるけど、いいのかい。一〇〇ゴールドだけど」

「ありがとうございます……えっ？」

冷えてコチコチになったパンをコイン一枚と引き換えに受け取ろうとした、その時だ。

「何があったか知らないが、子供がこれだけじゃ足りないだろ」

パッと串焼きを火に焙《あぶ》り、滴《したた》る脂をパンに挟む。スープの湯気で軽く温めて柔らかくし、さらにごく小さなカップにスープを注いで、店主はそっとカルナに差し出した。

「お食べ。……明日も頑張んなよ、坊ちゃん」

「……はい！」

ささやかな優しさが、涙が出るほどに嬉しかった。

温かいスープ、ジューシーな脂が染みこんだ柔らかいパンを屋台の陰で食べる。それはスラムによくいる浮浪児のようだったが、ちっとも惨《みじ》めだとは思わなかった。

（もう一度、やり直そう。今度こそ）

温もりに凍えかけた心がほぐれ、単なる意地ではなく——心からそう思えた。

＊

——そして、現在。

カルナは王都を離れ、大陸中西部はジールアーナ地方に舞い戻った。

地元が近いこともあるが、魔族が支配する大陸西部の荒れ地に近く、その分統制も緩《ゆる》い。追放賢者の悪評こそ届いてはいたが、それでもある依頼を受けられたのだから。

——地底に眠る伝説の地竜を倒し、その『瞳』を持ち帰れ。

「どうしよう……」

そして現在、見事に失敗し。自身が放った魔法によって砂と消えた竜の瞳を手にして、失業賢者カルナは竜の巣のただ中で、途方に暮れたように座り込んでいた。

(ようやく受けられたクエストも失敗かあ……報酬《ほうしゅう》、もらえないよね。これじゃ)

『ごしゅじん、だいじょぶ?』

「うん……。お腹は減ったけどね」

『ごはん。とってくる?』

ここまで来られたのも、優しい亡霊達がいたからだ、とカルナは思う。

王都を離れるための駅馬車代で素寒貧《すかんぴん》の一文無《いちもんな》し、宿代も尽きて毎日野宿。こっそりと街の外に出ては雑草や虫のエネルギーを死霊術で吸収していたが、空腹は限界に近い。

「うん、ありがとう。けど、この洞窟《どうくつ》で食べ物が見つかるかな……?」

話し相手になってくれる亡霊達がいなければ、どこかで行き倒れていたに違いない。

人里近くではできないものの、食べ物探しも頼んだことがある。そのたびに食べられるキノコやモンスターを見つけてくれて、なんとかお腹を満たすことができた。

「そういえば、来る時は一直線に来ちゃったけど……ここ、かなり広いね」

『天然のダンジョンじゃな。山や谷、洞窟なんぞに土地の魔力が溜まって生み出される。故に野良の魔族や魔物が棲《す》み着きやすいんじゃ。まあ、ドラゴンは珍しいがの』

ほとんどが子供のような亡霊達だが、ヒゲを生やしたような姿の『お爺《じい》ちゃん』だけは普通に話すことができる。大昔の霊なので最近の事情には疎《うと》いが、物知りだ。

『ドラゴンは財宝を溜め込むものと相場が決まっておる。調べてみる価値はあるぞい？』

「そっか！　何かあれば、久しぶりに人里でご飯が食べられるかも……！」

冒険者ギルドで得た依頼書によれば、この洞窟の地竜は人里から離れていたこともあり、町や村を襲うことはなかったらしい。そのため討伐《とうばつ》の必要がなく、長年放置されていた。

（でも、少しくらいあるかも知れない。無駄足になるよりは、懸《か》けてみよう）

そう決めると、カルナの右手に光が走った。迸《ほとばし》る魔力を受けた亡霊達は半ば実体化し、人魂の中心にやる気に満ちたイメージの表情が浮かぶ。

「みんな、手分けして調査をお願いできるかな？　――【幽霊探知】！」

「りょーかい！」

霊体が弾かれたように勢いよく飛び出し、瞬く間に洞窟の奥、暗闇の彼方《かなた》へ消える。

岩山にぽっかりと開いた洞窟は、ドラゴンの巨体が悠々《ゆうゆう》と歩けるほど天井が高く、広い。普通に探索しようと思えば、数十人規模の探索チームが食料や物資を運び込み、数か月を費《つい》やしてじっくり調べねば全容の解明は無理だろう。

しかし――カルナが放った亡霊達は、そうした制約に縛《しば》られない。

（こっち　いきどまり。たからばこ、こわれてる　からっぽ）

（ぼーけんしゃ　したいはっけん。ぶきぼうぐ　さびさび？　なにかあるかも）

（こっち、ずっとふかくつづいてる。そーさく、ぞっこう！）

亡霊達の『眼』を借りて、カルナは洞窟の様子を瞬く間に把握《はあく》していく。

眼を閉じ、送り込まれてくる情報を精査していると、ふわりと暖かな気配を感じた。

「あれ、お爺さんは行かないの？」

『走り回るような歳《とし》でもないしのう。誰かがお主についておったほうがよいじゃろ？』

「そっか。うん、ありがとう！」

ささやかな気遣いに感謝しながら、いくつかの発見物について調べていく。

「あれ？　そういえば、宝箱……自然のダンジョンに、どうしてこんなものが？」

『ふむ。そもそもダンジョンに宝箱がある、というのが良くわからんのじゃが。どうして宝物をわざわざ敵が来るような場所に置くのかね、もっと隠しておけばよかろう』

「あ、それはね。僕もあまり詳しくないんだけど……」

自然のものと違い、悪に走った魔法使いや魔族などが『管理者』となって作る魔力源、工房なども『ダンジョン』という。それらは土地の魔力を源として石畳《いしだたみ》などの内装を整え、さらに罠《わな》や宝箱を配置、管理者が定めた通りに財宝を生み出し、隠すのだ。

「宝物を目当てに人が集まる。集まってきた人を魔物や罠で撃退すると、人が持つ魔力が土地に注がれて、管理者のものになる。そういう仕組みになってるんだよ」

『なんじゃ。《神々の試練》ではないか。今はダンジョンなんぞと呼ばれとるんじゃな』

老人の霊の驚いた顔がカルナの意識に伝わってくる。

『わしが知っておる時代では、神事として執《と》り行われておったぞ。神が定めた試練に挑み、勝てば褒美《ほうび》として財宝を。敗れたならば魔力を捧げる儀式だったのじゃが……』

「今はそういうのじゃないかな。冒険者はお金と財宝目当てだし、管理者は土地の魔力を減らさないように、侵入者を殺すような仕掛けをたくさん作るらしいから」

『ふーむ、そういうもんかの。じゃが、壊れたとはいえ宝箱があったんじゃろ？』

「うん。この洞窟は自然のものだと思ってたけど……。昔、管理者がいたのかも」

カルナの意識に亡霊達の調査結果が届く。

発見された宝箱は、恐らく百年は昔のものだ。冒険者の骸《むくろ》は新しく、水筒に残った水の腐り具合からして、ここ十数年のものだろう。魂は成仏《じょうぶつ》し、屍《しかばね》には残っていない。

（降霊は無理かな？　どのみち水は飲めそうにないし、装備もこれじゃ……）

骸を暴く価値はなさそうだ。後で埋葬してあげよう、そう考えた時。

「え？　これは……！」

ダンジョン内、最も深い場所へと進んでいった亡霊が、阻《はば》まれたように止まった。

(こ、このさきはムリィー!!)

切り立った洞窟、自然の武骨な岩肌を遮《さえぎ》るように、鋼《はがね》の門が鎮座している。

一見貴族の屋敷のような優雅な鉄柵《てつさく》だ。その奥には途方もなく巨大な空洞が続いており、王都の建造物にも決して見劣りしない、壮麗《そうれい》な建築がカルナの意識に視《み》えてくる。

地中深くに築かれた、大洞窟に眠る宮殿。

当然、尋常《じんじょう》のものではない。その周辺は強大な結界に阻まれ、あらゆる物理的な障害をすり抜ける亡霊すら一切立ち入れず、困ったようにまごまごと浮いていた。

「さっきの宝箱といい、この宮殿といい……。奥に管理者がいるのかも!」

手つかずのダンジョンだとしたら、大発見だ。貴重な宝物が隠されている可能性が高く、それは発見者個人のものとなり、竜退治の失敗を埋めて余りあるだろう。

『行ってみるのかね、カルナや?』

「うん。慎重にね!」

少年の肩にぽてりと乗って、お爺さんが訊ねる。

微笑《ほほえ》み、ポヨポヨとした人魂を撫《な》でるように触れながら、少年は声を弾ませた。

＊

壮麗なる地下宮殿の正門前。

一見華奢《きやしゃ》な鉄柵だが、古代の呪いと結界が幾重にも張り巡らされたものだ。

「あちっ！」

試しに軽く触れてみると、強い反発が伝わってくる。

「強い結界だ。物理だけじゃない、幻影や隠蔽《いんぺい》、人払いなんかも全部複合してる……？」

『大したものじゃな。よほど強い魔力耐性がない限り、この宮殿は『視えん』。存在すら認識することができず、ただの行き止まりとしか思えんじゃろう』

傍に浮かんだお爺さんが感嘆《かんたん》し、カルナは違和感に眉《まゆ》をひそめた。

「おかしいな。ダンジョンなら、入り口は開けておかないと誰も入ってこられない……。土地だけでこの規模の結界や宮殿を維持するって、とんでもない赤字になるんじゃ？」

『それを承知で閉じ、隠す理由があるということか。ますますもって謎じゃな』

「うん、直接調べてみたいな。――それじゃ」

掌《てのひら》を近づけると、魔力が反発してバチバチと爆《は》ぜる。

しかしその火花はカルナの『力』に阻まれ、一切傷つけることなく散るだけだ。

無言のまま少年は《天啓》により刻み込まれた高度な呪文を唱え、さる現象を再現する。指の隙間《すきま》から妖しく光る風が噴き出し、結界を包み込むような雲となり広がった。

『ほう……！』

お爺さんが感嘆する。磨《みが》き抜かれた鉄柵が瞬時に錆《さ》びつき、朽《く》ち木のように折れていく。その現象は並べたドミノを倒すように広がっていき、結界そのものにひびを入れた。

【経年劣化】――結界と、その起点となる鉄柵の時を進め、二〇〇年後の状態に変えた。膨大《ぼうだい》な歳月に魔力は衰え、触媒《しょくばい》となる柵が錆びて朽ちれば、守りは消えてしまうのだ。

金気のにおいが鼻をつく。

倒れた門が崩れた残骸《ざんがい》の向こう、蛇のようにうねる岩の道が遥《はる》か大宮殿へと続く。

「……凄《すご》い。この宮殿、土地と切り離されてる……！」

結界が消え、晴れた視界でようやく視えた真実に、カルナは心底驚いた。

王侯貴族もかくやという建築群、それを支える大地は洞窟のそれと切り離され、浮遊の魔法によって浮いている。つまりこの宮殿の維持に、大地の魔力は一切使われていないのだ。

(土地の魔力を奪っていないのなら、維持するための魔力はよそから持ってくるしかない。こんな大規模な建物や土地を全部なんて、とんでもない魔力だ)

冒険者ギルドの依頼書にここの存在が書かれていないのも当然だ。

土地に一切手をつけず、さらに破ったとはいえあの規模の結界で守っていれば、発見は不可能。亡霊に調べさせていなければ、カルナもまったく気づかなかっただろう。

（朽ちた宝箱は壊れたダンジョンの名残《なごり》。そこへこの城を丸ごと移動させてきた？　これほどの魔法を操るなんて、とんでもない強力な敵がいるのかも……！）

カルナの思考は、思わぬ声によって遮られた。

「待て!!」

蝙蝠《こうもり》に似た翼が空を叩く。舞い降りた三人の人影は、少年を阻むように立ちはだかった。

「人間の子供が、我が主の城になんの用だ？」

そう発したのは貴族風の装《よそお》いで身を飾り、背に翼を、額に角《つの》をはやした若い男だ。

黒檀《こくたん》のような艶《つや》のある黒い肌、掲げた右手には淡く輝く刻印。

背後に控える二人も翼を持っていたが、一人は烏《からす》に似た翼に細身で、もう一人は屈強な肉体を誇るように薄手のシャツをまとった拳士を思わせる姿をしている。

（――魔族！　天界の神ではなく、外なる神から刻印を授かる、人類の敵！）

この世界に生きる人類にとっては、それは常識だ。

ゴブリンやオーガも人類の敵、魔族の一種だが明らかに格が違う。古代の神々の似姿、ヒトに近い姿をとるのは魔王に仕える上位の魔族のみとされている。

　カルナの前に立ちはだかった貴族風の魔族。顔立ちの整った青年のような姿のそれは、まさしく上位魔族に違いなかった。

「結界を破壊し侵入するとは。この城を七大魔王が一人、セシリア・イスラフィーリス様の居城と知っての狼藉《ろうぜき》か、小僧!!」

「魔王の……城!?」

　上位魔族の言葉に、カルナは驚きのままに口走る。

「えええええ!?　聞いてない、聞いてないですよ!?　なんで普通にクエストで行ける場所に魔王の城があるんですか!?」

「フン、知らなかったのか。まあいい……」

　余裕の笑みを浮かべ、上位魔族は右手の刻印に魔力を込める。

　力が雷を具現化し、バチバチと空気を弾いた。暗い洞窟《どうくつ》の中、雷の蒼い光が上位魔族の残酷《ざんこく》な笑みをクッキリ浮かび上がらせる。

「運のない小僧だ。黙って立ち去ればいいものを、余計な真似《まね》をしたばかりに死ぬ」

「ですが、こんなガキが地竜の眼を盗んでこんなところまで来るとは。あのトカゲ野郎、まさか居眠りでもしてるんですかね？」

「かもしれんな。だが、城の結界を破るほどの力はあるようだ。ならば侮《あなど》りはせん、俺の誇る最大の奥義、最強の力を以《もっ》て葬《ほうむ》ってやろう！」

　部下らしき烏羽根の魔族と語りながら、上位魔族は刻印を解放した。

「セシリア様の下僕たるこの俺、魔将ベルフェゴールの恐ろしさ。とくと見るがいい‼」

「ケケケ、運が悪かったなァ、小僧！　旧《ふる》き神ノーデンス様から授かった刻印の力……！　ベルフェ様が最も得意とする最強魔術‼」

「触れたら最後、全身の血は沸騰《ふっとう》し、肉は破裂してあの世行きさ。ハハハ！」

　強大な雷が全身から放たれるや、二人の部下が翼を広げて飛び去った。

　巻き添えを恐れたのだろう動きを見届けると、ベルフェゴールと名乗った魔族は叫ぶ。

「死ね、人間よ。――【絶望の紫電】‼」

「そんな、まさか⁉」

　その名を聞いた瞬間、カルナは叫び、慌てた仕草を見せる。

　鈍さを嘲笑《あざわら》うようにカッと掌を開く。耳を貫く強烈な雷鳴、瞬時に巨木の幹を思わせる雷の束が魔族の掌から放たれ、光と熱が空気を焼き、少年を呑《の》み込む。

　――ドォンッ‼

　空気が焼かれ、独特の生臭《なまぐさ》いにおいが爆発と共に散ってゆく。瓦礫《がれき》と土煙、錆びた鉄柵の残骸がカラカラと転がる中、ベルフェゴールは勝ち誇ったように笑んだ。

「ふん、他愛《たわい》もない。……ん？」

煙の中に人影が見えた気がして、不審げに唸《うな》ると。

「な、なんだと。我が雷を受けて無傷……どういうことだ⁉」

「そりゃあ無傷だろうよ。その力はわしが授けた奇跡だ」

白髪が風にそよぐ。叡智《えいち》を感じさせる皺《しわ》を刻んだ老いた貌《かお》、されど赤銅《しゃくどう》の肌は若々しく鍛え抜かれた戦士のそれで、纏《まと》う鎧《よろい》は太古《たいこ》の神器を思わせる圧倒的な『格』を誇る。

厳しく、されど穏やかで温かい眼で足元の少年、カルナをかばうように立つその姿は、老いてなお英雄と呼ぶにふさわしい。そんな男の手に、雷が『あった』。

「主を傷つけるような使い方、認めるはずがあるまい。――のう、カルナや？」

「いやー、びっくりしました。まさか近所のお爺《じい》さんと同じ魔法を使うなんて」

放たれた雷撃を摑《つか》み止め、それどころか己がものとして槍のごときカタチに構える。

それは人間ではない。放たれる魔力の密度、その圧倒的な存在感がヒトごときであるはずがない。魔族のそれと比べてもありえない、虫と岩山を比べるようなものだ。

老雄は実体ではない。ケタ外れの魔力によって仮初《かりそ》めの肉体を作り上げ、受肉《じゅにく》した存在。その魔力の源たる少年――カルナ・ネクロモーゼは、あくまで明るく笑っていた。

「ま、まさか……どういうことだ。あ、あなたは……あなた様は‼」

その姿を、ベルフェゴールは知っていた。

知らないはずがない、魔族が崇《あが》める神殿に数多《あまた》の神々ともども祀《まつ》られた彫刻、その一柱。彼が最も深く崇め、ついにはその祝福を受けて滅印《めついん》を授かった存在なのだから。

「【外なる神々】の一柱、旧神ノーデンス‼　なぜ、人風情《ふぜい》が神を従えている⁉」

それはかつて、大いなる雷にてあらゆる竜を打ち倒し、空を取り戻したとされる英雄。

生ける雷光ともいうべき神話時代の存在、それがなぜか亡霊となって少年の傍に侍《はべ》り、あまつさえ主とさえ呼ぶなど、どれほど否定を重ねても足りないほど【ありえない】。

細かく震え、だくだくと冷たい汗を流してベルフェゴールは叫ぶ。

だが上級魔族の驚愕《きょうがく》などまるで意に介さず、主と神は呑気《のんき》に互いを見て。

「え？　ノーデンスって、お爺さんの名前ですか？」

「そうじゃよ。そういえば名乗っておらんかったの」

「無自覚か、貴様⁉」

バカな、こんなことがありえるのか。夢だ、夢を見ているに違いない。

いくら思おうが、願おうが、それは現実にはならない。ベルフェゴールは悟った、己がどれほどとんでもない代物《しろもの》に、ありえないものに挑んでしまったのかということを。

「ひっ――――!!」

「どれ、若いの。いい機会じゃ、【絶望の紫電】の本当の使い方を教えてやろう」

恐怖で喉《のど》が勝手に鳴った。言葉を失っているベルフェゴールの前で、神が動く。

「主よ。悪いが魔力を貸してくれんかのう?」

「うん、いいよ」

あっけらかんと応え、カルナは神に手を添える。当たり前のような仕草、だがその意味、煌《きら》めく右手の刻印、流し込まれる魔力の量、圧倒的な密度が嫌でも分かった。

「ば、ばかな!!　ばかばかばかばかばかな、バカなあああああああっ!!」

理解できないものがいる。ありえない何かが在る。

ただひたすら彼には否定することしかできない。上級魔族たる彼が命を搾《しぼ》ってもまるで足りない、自分が水鉄砲ならカルナのそれは洪水だ。しかも莫大《ばくだい》な力を注ぎ込みながらも、彼は平然と立っている。ハッタリどころではない、落とし物でも拾ったかのような。

――ごく簡単な頼まれごとをされ、ごく自然に果たした時のような。

事もなげな態度、注ぎ込まれる魔力。神の髭《ひげ》が、白い神が雷光で薄紫に煌めき、苛烈《かれつ》な雷光が空気を焼いて、空気に焦げるような熱さと異臭が混じる。

「う……あ……ああああああああああああ!!」

「見るがよい。――【絶望の紫電】！」

魔族が、そして神が叫んだ。

「ぐはあああああああああああああああああっ!?」

放たれたのは無数の雷光。空をも白く染め上げる雷の光。背後にそびえる大宮殿すらもすべて呑《の》み込みかねない超エネルギーの乱舞が一点に集《つど》い、脳天から爪先《つまさき》まで貫く。

凄《すさ》まじい音が響いた。余波を受け、ベルフェゴールの傍に控えていた魔族達が飛んで逃げることすら忘れて腰を抜かし、叩かれた蠅《はえ》のように転がっている。

焦げ臭《くさ》い煙、丸く抉れた大地。

その真ん中に倒れたベルフェゴールは白い灰となって燃え尽き、ただ一撃で倒れていた。

「ほう、生きておるではないか。どうじゃ？　雷の真理、理解できたかね」

「あ……が……」

瀕死《ひんし》ながらも息があるのは、彼もまた同じ刻印を持つが故だろう。

雷に親しみ、強い抵抗力を持っているからこそ燃え尽きることなく命を拾った。しかし、治《ち》癒《ゆ》や蘇生《そせい》の魔法を使わないかぎり動けないのは当然で、抗《あらが》うことなどできない。

「ひ、ひいいいいいいっ!!　ベルフェ様が、ベルフェ様がやられちまった!!」

「そんなバカな!!　魔族の中でも最上位の【滅印持ち《ギフテッド》】だぞ!?」

「い、言ってる場合じゃねえ!!　逃げろ、逃げないと……ッ!!」

取り残された魔族が腰を抜かしたまま、必死で這《は》う。

ズボンにじわりと染みが浮かび、じたばたともがく手は震え、ちっとも逃げられない。圧倒的格上の存在、その気配だけで蛇に睨《にら》まれた蛙《かえる》のように竦《すく》みあがっているのだ。

「戦意を失ったようじゃな。どうするね、カルナや」

「敵同士だから、普通に戦ってもいいんだけど……」

困ったな、とカルナは頬《ほお》を掻《か》いた。戦意のない相手を攻撃するのも気がひける。

コツコツと、含むような余韻《よいん》を持った足音が響く。ゆっくりとした足取りには優雅さと余裕が漂い、ごく静かな動きでその人物はそっと現れる。

（え？　今、どこから……？）

その気配を感じられず、カルナは驚いた。どこから現れたのか、まったく摑《つか》めない。

犬……いや、狼だろうか？　ふさふさの毛皮で覆《おお》われた三角の耳と豊かな尾、それ以外は人間となんら変わるところのない、申し分のない美貌《びぼう》。

豊かな胸とくびれた腰、母性を感じるラインはぴったりとしたドレスで強調され、男の視線を惹《ひ》きつけて止まない。妖艶《ようえん》で、どこか悪戯《いたずら》な雰囲気《ふんいき》を醸《かも》す淡い笑み——。

「ま、魔王、セシリア様!?　なぜこのような所に!?」

「あら。私のお城の結界が消えたんだもの、気になるでしょう？」

腰を抜かした魔族が名を呼んで、カルナは初めてその正体を知った。

「お見事ね、人間の賢者クン♪　いいものを見せてもらったわ」

「この人が……魔王？」

ベルフェゴールにあったような好戦的な気配、戦いを望むような意思が感じられない。

彼女は自然な好奇心のままに歩み寄ると、すっと屈んで視線を合わせる。

「ねぇ、キミ。名前は？」

「か、カルナ。……カルナ、ネクロモーゼ。です、けど……」

「そう、カルナ。素敵な名前ね♪」

カルナは彼女の眼をしっかりと見返しながら、くらっとよろめくような感覚に囚われた。

たまらない香りがする。花でもない、果実でもない、肌の香りだ。とてつもなく妖艶な女の肌が醸す甘い色香が、幼い少年にすら届くほど濃密に漂ってくる。

（魅了の魔法……!?　ううん、違う。才能でもない、特技でもない、魔法でもない！）

それはただ、その美しさが放つ生物としての魅力だった。

（まだ、僕は子供なのに……。こんなにドキドキするのは、おかしい……けど！）

突然湧き上がる感情に、カルナは戸惑う。

そんな少年の困惑を察したのか、ふっと唇に笑みを浮かべた魔王は彼の耳元に囁《ささや》いた。

「ねぇ、キミ……。色欲の魔王、セシリア・イスラフィーリスに仕えてみない？」

「僕が……魔王に？」

それは裏切りの誘い。人類の歴史上、魔族に寝返った存在はいないとされている。

少なくともカルナが時折教会で聞かされた歴史の授業では習わなかった。史上初の存在、考えられない巨悪の誘い。だが、なぜかすぐに拒《こば》む気にはなれなかった。

（拒まれたとしたら、それは……）

人類の側、だからだ。受け入れてくれたのは祖父母をはじめとするほんのわずかな人で、決してすべてが敵ではないとわかってはいても、恨むべきではないと考えていても。

（……それでも、悔《くや》しいと感じるのは。僕が、子供だからかな？）

ズキリと胸が痛む。一生懸命に働いたつもりなのに、あっさりと捨てた勇者。

自分の魔法、才能を【気持ち悪い】と断じ、理解しようともしなかった元仲間。

受け入れたふりをしながら利用し、すべての悪評を押しつけて切り捨てた。そんな風に、受け入れると見せかけて利用する。きっとこの魔王も、そんなつもりに違いないと。

「……女の人は、止めておいたほうがいいんじゃないですか」

捻《ひね》くれた心が、カルナにそう言わせた。

「あら。どうして？」

質問を返され、裏切りを思い出す。

そして、胸につまった黒い何かを吐き出すように、

「僕の魔法は、【死霊術】です。亡霊の力を借りたり、ゾンビを操ったり、敵を腐らせる魔法で攻撃したりするので、気持ち悪いって言われて……」

何故こんなことを言ってしまったのか、わからない。

これまでノーデンスをはじめとする亡霊達にしか話してこなかった、不満。

胸にしまいこみ隠した自分の醜《みにく》さを、カルナは自分で恥じながら吐き出していた。

「勇者様のパーティーからも、それが原因で追い出されました。優しい言葉は嬉しかったですけど、持ち上げておいて後からひっくり返されるのは、ちょっと……」

「ふぅん。そう。見る目がないのね、人間は」

「え？」

「――あなたの【死霊術】は。世界で一番ステキな魔法よ？」

そんなはずはない。嘘をつかないでくれ。甘く優しい偽りを信じてしまうから。

カルナの胸に、言葉にならない想いが湧き上がる。しかしセシリアと名乗った魔王の、嘘偽りの欠片《かけら》もないような真摯《しんし》な眼差《まなざ》しには、そんな拗《す》ねた言葉の入る余地はなかった。

（嘘じゃ……ない？）

爽《さわ》やかで静かな、花のような笑顔だった。

何もかもを受け入れるように手を広げ、自分を迎えようとする。物心つく前に親を失い、祖母ですらそうはしなかった、ただすべてを受け入れ抱きしめるような、その仕草。

演技とは違う温もりのようなもの、真実の温かみがそこにはあった。

「その美しい魔法を、私の傍で、もっと私に見せてちょうだい」

「……でも。人類を、裏切るわけには……んっ⁉」

ビクリとカルナは震える。間近に歩み寄ってきたセシリアの指、桜色の爪が耳の後ろ、顎《あご》のラインを伝うように滑る。それだけで痺《しび》れるような心地よさがあった。

頬が熱くなり、顔が汗ばむ。そんな自分を見られたくなくて顔を背けるが、セシリアはすっとさらに距離を縮めると、カルナから離した手の指を二本立ててみせる。

「契約金、二〇〇万ゴールド」

そしてもう片方の手、そちらも指を二本立て……！

「年棒、二〇〇万ゴールドを約束するわ。どうかしら?」

「やります!」

勇者パーティーをクビになった失業賢者は、こうして魔王軍に再就職したのだった。

第二章　最強賢者、再就職する

神祖《しんそ》と呼ばれし偉大なる魔王の血を分けた七人の魔王がひとり。

色欲の魔王、セシリア・イスラフィーリスが治める地こそ、ラ＝ラルム地下大宮殿——。

地底の大洞窟《だいどうくつ》に建造された壮麗《そうれい》な建築群は、太古《たいこ》の魔術により空間ごと隔離《かくり》されており、いくつか点在する出口でのみ地上、現世と繋《つな》がっている。

太陽の光など微塵《みじん》も差さぬ閉鎖空間を照らすのは、大いなる魔王セシリアの威光のみ。居城たる中央塔より放たれる淡い光は、光を嫌う魔族や魔物にとっても心地よい。

そんな黄昏《たそがれ》の世界においても、昼夜の区別は存在する。

最も魔王の威光が強まる刻《とき》、地上では太陽が真上に届く正午頃。

「こっちよ、カルナ君♪」

「………」

コツコツと靴音《くつおと》を立て、魔王が静まり返った廊下《ろうか》を歩む。

振り返りながら手招いた相手は、そんな彼女の声にわずかにはしゃいだ色を感じながら、分厚い仮面の奥、隠された顔に緊張の色を浮かべ、ぎこちなく歩いていく。

(魔族は人間を憎んでいる。……僕が人間だって、ばれないようにしないと)

セシリアに与えられた仮面は、濃厚な死と恐怖のオーラで周囲を威圧する魔法の品だ。居合わせた魔族たちがひそひそと話し、その恐るべきさまを語っている。

「おい、見ろ。……あれが、結界を壊した張本人《ちようほんにん》だ。ベルフェゴール様を倒したらしい」

「旧神ノーデンス様を従えているとか……。いくらなんでも、嘘だろ？」

柱や彫刻に隠れ、翼を生やした上位魔族や下位魔族の豚人間、オーク族などが噂《うわさ》する。

突き刺さる視線を感じながら、カルナは正体がばれないように身をすくめて歩く。

『ほほほ、大注目じゃな！』

(お爺《じい》ちゃん、有名人だったの？　なんで黙ってたんですか)

髭《ひげ》の亡霊、ノーデンスがこっそりと囁《ささや》きかけると、カルナも小声で返す。

『いや知らんし。死んだの何千年も前じゃから、崇拝《すうはい》されとるなんて知らんかったわい。たまに魔力が贈られてくるので加護を返しておったが、そうだったんじゃな』

(そんな適当な……)

魂と魂の通話に声はいらず、契約を結んだ者同士の念話が他人に聞こえるはずもない。

その時、こっそり様子を窺《うかが》っていたオーク族が、その潰れた鼻をふごふごと鳴らした。

「ん？　人間臭《くさ》くないか、あいつ……。もしかして、人間？」

「馬鹿！　あのセシリア様が従者に取り立てた方だ。そんなわけがあるか！」

「いい加減なことを言うな豚野郎！　聞こえたら俺達まで巻き添えを食うだろ！」

「ヒエッ……！　す、すまねえ。や、でも人間っぽい臭《にお》いなんだよなあ……」

豚鼻をきつく他の魔族に摑《つか》まれながら、オークは首を傾《かし》げている。

（うわ、危ない。お姉さん……セシリアさんが口止めしてくれたから、さっき戦った魔族が僕の正体をバラす心配はないと思うけど）

仮面の奥、わずかにカルナの頰《ほお》を汗が伝う。

焦げたベルフェゴールを蘇生《そせい》させ、その部下をきつく威圧するセシリアを思い出す。

あの怯《おび》え切った様子なら、そうそう口を割る心配はない。だが普通の感覚、体臭で正体がバレかけるとは思わなかった。

（臭いは対策するとして、僕も魔物らしく振る舞ってボロが出ないようにしないと！）

そう思い、せめてグッと胸を張って歩くことにする。その理由は、当然……！

（報酬《ほうしゅう》をもらって、お祖父《じい》ちゃんとお祖母《ばあ》ちゃんに仕送りするために！）

勇者に追放された今、カルナは自らを養うことすら難しい。まとまった報酬が手に入る仕事があるなら、たとえ人類を裏切り、魔族の手先となろうとも。

（やるしかない。しかたない。そうと決まれば、全力を尽くすだけ……頑張るぞ！）

「着いたわよ。ここが、私の部屋。そして――キミの職場ね♪」

決意を新たにした時、セシリアが回廊《かいろう》を進む歩を止める。

両開きの大扉。地下大宮殿をあまねく照らす中心地、塔の最上階に位置する部屋だ。

「はい！」

意気込んで答えてから、ふと思う。

（そういえば、女の人の部屋に入るのって、初めてかも）

人里離れた荒野の農場暮らし、身近な女の子などいなかった。

そのせいか、相手が魔王で上司だとわかっていても、開く扉にときめいてしまう。

（おおっ、セシリアさんの部屋……！　あれ？）

一瞬盛り上がりかけた心が、すっと冷めた。

魔王の部屋、という言葉から想像するようなおどろおどろしい気配は乏《とぼ》しい。

貴族令嬢の私室としては並程度、狭いといってもいい広さ。調度品《ちょうどひん》も立派だが華美ではなく、壁に設《しつら》えられた特大の本棚《ほんだな》や天蓋《てんがい》付きのベッドが目立つ程度だった。

「もう誰もいないから、兜《かぶと》は外していいわよ。適当にくつろいでちょうだい」

「はあ……。あの、セシリアさん。この部屋……」

足早に入っていき、カルナを招き入れるセシリア。

彼女に問いかけるような視線を送ると、彼女はカッと頬を赤らめ――

「もしかして、片付けられないタイプですか？」

「皆まで言わないで！」

ごちゃっ、という言葉がよく似合う。不潔ではないが、ひどく部屋は散らかっていた。化粧品《けしょうひん》や飲み物のカップがテーブルを埋め、読みかけの本や魔法の触媒《しょくばい》が床に散らばる。ベッドにはネグリジェやタイツが散らばり、乱雑だが生活感ある艶《なま》めかしさを感じる。

「…………」

カルナが兜を外して素顔になると、部屋の空気が濃く感じられた。

女性らしいミルクの香り。プライベートな雰囲気《ふんいき》が本当ならもっとこう、胸をドキドキさせるものがあるのだろう。しかしこの雑な状況では、ロマンスには遠かった。

「ま、まずい状況なのはわかってるのよ？　でも、やればやるほど散らかって……」

気まずいのか、頭の耳をピコピコと揺らしながら。

「読みかけの本とか、研究途中のアイテムとか、そういうものがすぐ出てきちゃうのよね。それで興味がそれに移っちゃって、結局掃除《そうじ》は途中になっちゃうのよ」

（うわあ、典型的……）

セシリアはカーッと赤くなり、恥ずかしげに顔を背けて言う。

普通なら幻滅するところなのかな、とカルナは思った。

だが、恥ずかしげに身をよじる姿を見ていると、セシリアがぐっと身近に感じられる。魔王という肩書きではない、種族も魔族と人類でかけ離れているが、それでも。

（仲良くなれる気が、するのかな）

「だ、だからキミを雇うことにしたの！　いいかしら？」

クスリと笑むカルナを前に、照れ隠しのようにセシリアは言った。

指をたてて迫る彼女に、カルナは意外な気がして訊ねる。

「え、それじゃあ僕の仕事って……」

「そう、私の身の回りの世話全般。使用人として私に仕えてほしいのよ」

「僕は全然いいですけど」

人類を片《かた》っ端《ぱし》から襲ってこい、とか命令されるよりは遥《はる》かに楽だ。給料も高いし。

散らかりきった部屋をふよふよと浮いている亡霊たちを見ながら、カルナはそんな風に思いながら疑問を口にする。

「それなら、魔族の中から選んでもいいんじゃ？　……セシリアさん、人望も厚いみたいですし、みんな喜んでやりたがると思いますけど」

「無理よ」

返ってきた答えはきっぱりと、断ち切るような否定。

「この仕事はキミにしかお願いできないことなの。……絶対にね」

魔王はそう言い、少年はそれ以上何も訊けず。

「それじゃ、夜までに綺麗《きれい》にしておいてね。城内の設備は自由に使っていいから」

「はい！」

そう命じると、セシリアはやり残した仕事を片付けると言って、去っていった。

雇ったばかりの人間を私室に一人残して目を離す、というのは不用心過ぎる気もしたが、閉じた扉の前で、カルナはグッと強く拳を握り、意欲を燃やす。

（……まあいいか。どんな事情でも、仕事にありつけたならそれでよし！）

部屋の掃除を他の魔族に任せられない理由はわからない。種族特有の理由があるのか、それとも個人のこだわりか。そこまで考えた時、ふとカルナは大切なことを思いつく。

（そう、掃除だけじゃない、何をするにしても、相手のことを……。セシリアさん個人はもちろんだけど、まず『魔族』の生活や文化について知らなくちゃ）

細かい文化のすり合わせをせずに作業を進めても、後々問題が起きては意味がない。片付けや掃除のやり方で思いがけないタブーがある可能性もある。そうしたトラブルを避けるためには、魔族について詳しく知らねばならない。しかし、どうやって？

（直接聞く、のは無理かな。セシリアさんは忙しそうだし、他の魔族は事情を知らない）

ベルフェゴールとその部下なら大丈夫かもしれないが、居場所がわからない。

もし解ったところで怯え切ったあの様子では、まともに話ができるかも怪しかった。なら、誰かに聞く以外の方法で魔族の生活、習慣について知るしかない。

「そうだ！　みんな、集まって。探してほしいものがあるんだ」

『『『は～い！』』』

呼びかけると、部屋のあちこちを探索していた亡霊たちが集まってきた。

その一人一人を見つめながら、少年は考えていた頼みごとをする。

「この城の『書庫』がどこにあるのか。探して、案内してくれるかな？」

＊

「なぜ書庫に来たんじゃ？　部屋の片づけをしなくていいのかね」

「僕は魔族のことをよく知らないから。まずはそこから調べた方がいいと思って」

天窓から差す魔王の威光により淡く照らされた大書庫に、蝶番《ちょうつがい》の音が木霊《こだま》する。

両開きの扉をゆっくりと開いて、入ったカルナが見たものは、壮麗《そうれい》なドーム状の天井と、それを支える壁や柱。そのすべてに設えられた書棚《しょだな》はカルナを十人重ねたよりもなお高く、蓄《たくわ》えられた書物の総量は数千、いや数万冊は下るまいと思えた。

(やっぱり、人間っぽい……っていうか、貴族風？　なのかな。王都の劇場みたいだ)

都の夜を彩っていた劇場や音楽堂、本棚の意匠《いしょう》や柱に彫られた彫刻などは、悪魔じみた不気味なものとは違い、むしろ上品でスマートな印象を与える。

「司書さんや利用者が誰もいない。目当ての本の場所を聞きたかったんだけど……」

『ふむ、掃除は行き届いておるのう。本棚にも書物にも埃《ほこり》ひとつ積もっておらんわい』

並んだ書名も筆者や題名、大きさごとに分類され、乱れがない。

だが書架こそ膨大《ぼうだい》なものの、書見台《しょけんだい》や椅子《いす》などがないところを見れば、蔵書の保管のみで閲《えつ》覧《らん》などはさせていないのだろう。そう推測を立てると、カルナは再び魔法を放つ。

「それじゃ、さっそくお願いしようかな。――【幽霊探知】！」

『わ～～～～っ♪』

カルナを取り巻く亡霊達。ノーデンスを除く雑多な魂が飛び出し、書架へ突っ込む。

激突、だが棚を崩すようなこともなくスルリと突き抜け、広大な書庫を縦横無尽《じゅうおうむじん》に飛び回っては題名を確認、目当ての書物を抜き出しペラペラとめくる。

数十冊、数百冊もの本が飛び交うさまは、まるで群れなす蝶《ちょう》のようだ。

抜き出された本は魔族の歴史、芸術、文化から日記やジョークのまとめ本まで――。

(――凄《すご》いや。こんなにたくさんの本を集めているなんて)

カルナの意識に莫大な文字が流れ込む。

亡霊達が読み込んだ膨大な文章は、彼らと結んだ霊的回路を通じて彼に送られる。

その内容は魔族特有の美的感覚、習慣、扱いに注意が必要な危険物。生活に関わる情報は真っ先に抜き出し、かき集めてセシリアが求める理想的な寝室をイメージする。

(うまくいけば、今だけじゃなく次も役立つ魔族の文化や生活に必要な知識も学べる)

まさに一石二鳥。天啓として授けられた【死霊術】の刻印にも記されていない情報魔法、カルナが編み出したオリジナル。名付けて【エクトプラズム・ラーニング】！

『確かに、【幽霊探知】の応用で可能やもしれんが……何時間かかるかわからんぞ？』

数百冊、数千、数万頁《ページ》に渡る膨大な文字の海に紛《まぎ》れ、ノーデンスの声がする。

カルナを気遣う意志、そしてちょっぴりの不安がこもったその声に――。

「大丈夫。だいたい覚えた！」

『早ッ!?』

およそ数秒。知識を得た喜びに明るく笑うカルナに、ノーデンスは飛び上がって驚いた。

「うん、みんなのおかげだよ。みんなが頑張ってくれたから、一度にたくさんの本が読めた。僕ひとりだったら絶対に無理だったよ」

『……う、うーむ。それはそうなんじゃが……』

意表を衝《つ》かれた表情で、ノーデンスは思う。

『幽霊の感覚を使い、一度に情報を仕入れたとしても脳がそれを処理できねば意味がない。今、おぬしは数百、数千人分もの文章量を一度にすべて読んだことになるんじゃぞ?』

「うん、だからちょっと疲れたかな。けど大丈夫、ちゃんと覚えてるから」

こんこん、とこめかみを軽く叩き、カルナはたった今得た知識を思い出す。

「予想通り、魔族と人間の感覚は大きく違うみたいだけど……掃除に関してはだいたい同じでいいみたい。けど、魔力の偏《かたよ》ったアイテムを日用品として使う場合があるらしくて」

それはつまり、人類側では『呪われたアイテム』として処分されるような品だ。

「人類には害しかなくても、魔力のコントロールが得意な魔族には影響がないんだって。同じ理由で呪いの武器や悪魔の書なんかも普通に使うらしいから、掃除の時にはまとめて片付けておかないと危ないかも。触り方なんかも書いてあったから、大丈夫だよ」

『……なんと。そこまでの情報を一度に……。書の知識をすべてものにしおったか』

「うん。だいたい大勢の話を一度に聞いて覚える、みたいなことだから。簡単だよね？」

「おぬしにとってはの。以前よりさらに才能が加速しておるな——末恐ろしい子じゃ』

戦慄するノーデンスの真剣な呟《つぶや》きに、カルナは気づくことなく。

「よーし！　これで思う存分お掃除できるぞ！」

『お〜〜っ♪』

手を挙げる少年に、亡霊達が一斉に盛り上がる。そのまま元気になるカルナを追って、明るく不気味に笑いながら、ついていくのだった。


——それから、二時間後。


「まあ……！」

見違えた自室を眺め、両手を胸の前で合わせるようにしながらセシリアは言った。

散らかっていた部屋は見事に磨《みが》き上げられている。床やテーブルに散らばっていた物はきちんと棚やテーブルに整理されて置かれ、家具や窓の埃や汚れは丁寧《ていねい》に拭かれている。

本来なら手が届かない窓の上、嵌《は》め殺しになって開かない飾り部分やベッドの天蓋《てんがい》まで、空を飛べる亡霊達の手で隅々まで拭かれ、清潔な水の気配が涼し気に漂っていた。

「服も洗濯《せんたく》しておきました。あの、下着は女性の霊にお願いしましたので……！」

「気を利《き》かせてくれたのね？　ありがとう。けど少し恥ずかしいわね、ふふっ♪」

床に散らばっていた衣類もすべてまとめられ、洗濯・乾燥を終えてきちんと畳《たた》んである。がらくたに埋もれていた椅子は掘り出されて高級感あるクッションが現れ、ベッドも丁寧にシーツをかけ直し、火の魔法でフカフカに乾燥させてあった。

「本棚も整理してくれたの？　……助かるわ、とっても見やすい！」

「はい！　背表紙の高さの順と著者名、タイトル順に整えてあります。それと落ちていた書類の中から、未決裁のものはまとめておきましたので、後で目を通してください」

「あら、そんなところにあったの？　助かるわ、ありがとう！」

渡された書類を確かめると、セシリアは広くなった部屋で踊るようにクルリと回る。

「素敵な部屋！　たった数時間でここまで片付けるなんて凄いわ。カルナ君♪」

「ありがとうございます。みんなが手伝ってくれましたから！」

カルナの周りに集《つど》う幽霊たちが、照れたように赤く膨《ふく》らむ。そんな笑顔に、

「そうだったのね？　幽霊ちゃん達もありがとう。とっても助かるわ」

『えへへへ、わ〜〜〜いっ♪』

セシリアに褒められ、ピンク色の亡霊達がクルクルと踊った。

そんな様子を微笑《ほほえ》みながら見守ると、カルナは瘴気《しょうき》を放つ部屋の隅を指さして見せる。

「呪われたアイテムや悪魔の書のたぐいは宝箱にまとめておきました。いいですか？」

「助かるわ。人間には扱いにくいものだから、扱いを聞いてくるかと思っていたけれど」

鎖で二重に縛《しば》られ、ガタガタと動く宝箱。半ばモンスター化した呪いのアイテム群は、並の亡霊では触れることすらできず、カルナとノーデンスが封印したものだ。

怨念《おんねん》がこもったナイフや悪魔の血で記された魔術書など、呪術の触媒《しょくばい》となるアイテムだ。魔族は多くが呪いに耐性を持ち、逆に呪いを活《い》かすことさえできるという。

書庫で見た情報が正しかったことが証明され、きちんと仕事ができたことを喜ぶカルナ。胸を張る少年の隣で、亡霊ノーデンスは憂鬱《ゆううつ》そうにため息をついた。

『あんなもん片付けさせるな。わしらだからよいが、普通呪いに呑《の》まれるぞい？』

「うふふ。けど、ちゃんと片付けてくれたのね」

「もちろんです、仕事ですから。何か不満があったらぜひ仰《おつしや》ってください！」

「不満？　そうね……」

カルナに促され、セシリアは改めて見違えた部屋を見渡す。掃き清められた床から埃のない本棚、磨き上げられたシャンデリアまで眺めてから、申し分なく頷《うなず》いた。

「想像以上の働きよ。ありがとう、カルナ君。キミに来てもらえて本当に良かったわ」

「セシリアさん……」

裏表のない、素直な誉め言葉。場を取り繕《つくろ》うためのものではなく、おだてていいように使おうとするような考えもなく、ただ素直な評価と笑顔が与えられて、少年は戸惑う。

（やっぱり……綺麗《きれい》だ）

魔族だから、魔王だから、人類の敵だから。いくらそう思っても、彼女はカルナが望むものをくれる。まともな信頼、正しい評価、そして対等なコミュニケーションを。

頭ひとつ分は背が高いセシリアを見上げる。

勇者パーティーの女たちも美しかったが、目を合わせてくれなかった。そうしたとしても、瞳に映るものは醜《みにく》い嫌悪や軽蔑《けいべつ》で、この温かな感情は生まれなかっただろう。

強く拳を握りしめる。胸にわだかまる感情を吐き出し、笑顔になる。

「僕も、初めて人から必要とされて嬉しいです。あ、セシリアさんは魔族ですけど！」

「ふふっ、そう？　おかしな子ね、カルナ君って」

少年と魔王が鏡に写るように微笑んだ。お互いに同じ感情、親愛の念をこめた笑顔だ。

気持ちが通じる、ということが心地いい。自然な気持ちが花の蜜のようにこぼれ、胸が温かくときめいている。この感情の理由、気持ちの意味をカルナは知らなかったけど。

(この人に、ついていこう。――きっと、いい仕事ができる)

犬のような耳を揺らして笑む魔王に誓った時、カルナはふと思い出した。

「あ、そうだ。片付けていて気になったことがあるんですけど……あれとこれ、それからこれも。ベッドの枕元に置いてあった本を棚に戻した時、内容が少し見えちゃって」

「……えっ!?」

セシリアの穏やかな笑みに焦りが浮かぶ。

亡霊達がカルナが示した本に群がり、ふよふよと浮かばせて頁《ページ》を開く。

魔族も人類も言語や文字は共通だ。しかしそれらの本に限っては、難解そうな魔術書の表紙や装丁《そうてい》に比べ、中の本文は柔らかく砕《くだ》けた表現で、挿絵も多く入っている。

「これ、どれも魔族じゃなくて人間が執筆した書物ですよね?」

それも主に小説だ。都の書店に並んでいた売れ筋の物語から古典まで、名作と呼ばれるものが揃っている。美しい筆致で描かれたラブシーンの挿絵などをチラ見して、

「どうしてこんなにたくさん持ってるんですか?」

「それは……」

恥ずかし気にもじもじと、セシリアは髪の毛先をいじるように弄《もてあそ》ぶ。

先ほどまでの大人びた雰囲気《ふんいき》、いつも余裕があるような空気が吹き飛んで、恥ずかしげに身

をよじる。何かを言おうとして、でも切り出せないような雰囲気だった。

隠すように持っていた人類の物語。美しい挿絵や物語の山場で挿されたしおりや頁の癖《くせ》、読みこんだ跡には覚えがある。カルナも似たようなことをよくやっていたのだから。

「僕も物語が好きで。けど、住んでいるところが田舎《いなか》だったから、新刊が買えなくて……。手元のお気に入りを何度も何度も、こうやって読み込んでました」

ページの癖や指の跡が、作品への情熱を感じさせる。

魔法を使うまでもなくわかる、これがセシリアの残したものだと。

「……セシリアさん。もしかして、人間が好きなのでは？」

いくら力を見せたとはいえ、魔王が人類である自分を部下に誘った理由。それはここに、この宝物のような物語にあるのではないかとカルナは思い、そう訊ねる。

「さあ、どうかしら？」

「……わっ!?」

答えのかわりに、しゅるりと衣擦《きぬず》れの音がする。

肌の香りがぱっと開き、カルナの肌をくすぐった。汗ばんだドレスが落ちて散らかり、咄嗟《とっさ》に目をつぶったカルナの瞼《まぶた》に、鮮やかな下着の像がハッキリと浮かぶ。

「せ、セシリアさん!?　なんでいきなり脱ぐんですか!?」

「あら、おかしな想像をさせちゃったかしら？　ふふ、お風呂よ、お風呂。綺麗に磨いてくれたから、汗を流してさっぱりしたいと思ったの」

すっと足を挙げて靴《くつ》と靴下をも脱ぎ捨てると、セシリアは隣の浴室へ向かう。背を向け、その姿を見ないようにしながら、カルナは赤くなった頰《ほお》をなだめるように叩いた。

「落ち着け、落ち着け……！　もう、びっくりしましたよ！」

『ほほほ、眼福《がんぷく》じゃのう？　どれもちょっと間近で……』

「お爺《じい》ちゃん、ちょっと！　ダメ、ダメだってば！」

カルナと亡霊達が丁寧《ていねい》に磨き上げた浴室は、高度な魔法が使われた見事なものだ。

常に新鮮な水を提供する蛇口《じゃぐち》やお湯を放つシャワーまで。先ほど書庫でも目にした歴史、太《たい》古《こ》の人類に『文明』をもたらした外なる神々の遺産、その叡智《えいち》の結晶。

『わしらの時代から風呂の形は変わらんのう。ええことじゃよ、ほっほっほ♪』

「だから、ダメだってば！　もうっ、身体《からだ》がないのにどうしてそんな……」

『純粋な学術的興味じゃよ。いやいや、ささやかながら受け継がれておって嬉しいわい』

シャワーの音、体を洗う気配、漂う湯気と石鹼《せっけん》の香り。

それらに背を向けながら、カルナは洗濯したてのバスタオルを手に浴室の外で控える。ガラス張りの浴室を楽し気に眺めるノーデンスだが、セシリアはその視線を気にもせず。

「それで、さっきの答えだけど……カルナ君？」

「は、はい！」

シャワーの蛇口がキュッと閉まる。湯気を胸などに纏《まと》い、ふかふかの耳や尻尾《しっぽ》をお湯でぺたんと濡らしながら、セシリアはガラス越しにカルナへ告げる。

「人間に興味があるのよ。【ある目的】もあるのだけど……特に人類の文化、恋愛や結婚みたいな生活文化についてね。とても興味深いわ」

「ああ！　だから都で流行《はや》りの恋愛小説がたくさんあったんですね！」

悪気なくカルナは言う。湯気で満ちたガラスの向こう、シルエットの裸体が振り向く。

「……むっ」

突然、激しくドアが開かれた。

浴室から漂う湯気と石鹸の香りがより強くなり、カルナの頬をくすぐる。濡れた素足の足音が近づいてくると、彼が手にしていたバスタオルを取る。

「そういえば、読んだのね？　私の本。偽装してあったのに、中まで見るなんて」

「すいません！　表紙と中身が違ったので、どう分類したものか悩んじゃって……！」

最初は読むつもりなどなかった……が。

(片付けの時、亡霊達が開いちゃってたから。僕も見ちゃったんだよね……)

言い訳できない。男女のキスシーンの挿絵についつい目が奪われたせいもある。どうしよう、気持ち悪いと言われたら。謝って許してもらえるだろうか？　女性に嫌われるのが致命傷になることは、苦い経験から心底思い知ったばかりなのに。

震えるカルナの隣で、セシリアは取ったバスタオルで身を隠すと、濡れ髪のまま少年の耳元、頬の近くへ顔を寄せていき、顎先をクイッとつまみあげる。

「もう！　……いいでしょ、ささやかな趣味なんだから。悪い子ね、まったく」

「すいません！　ごめんなさい！」

「許さないわ。キミの秘密も、教えてもらえるかしら？」

「は、はい！　ボクのことでよければなんでも！」

顎から頬をくすぐるように触れられながら、カルナは真っ赤になっていた。

交渉の余地はない。耳たぶまで熟れたリンゴのようになった彼の耳元に、改めて魔王が囁《ささや》きかける。誘惑じみた吐息が紡《つむ》ぐ言葉は、

「そう。じゃあ、教えて。外なる神をも従える、キミの秘密を……」

カルナに聞こえないように、彼女もまた覚悟を決めて息を呑《の》む。魔術師の秘儀、秘密を探ること。その姿勢を見せるだけで、ヘタをすれば全面対決になりかねないからだ。

（反発、されるかしら？　でも、これだけは聞いておかないと）

覚悟と共に、質問を重ねていく。

「どこで、どんな条件でその方と……外なる神、ノーデンスと契約したの？」

『ほっ？』

ふよふよと浮いている髭《ひげ》の老霊。何も知らなければただの下級霊、無害なマスコットにしか見えない存在が、今も魔族が崇《あが》め続ける神の一柱だと誰が信じるだろう？

その力を目の当《ま》たりにしたセシリアでさえ、不思議に思う。どうやって神話に語られた伝説の存在と知り合い、それどころか契約を結んで仲間にするに至ったのか。

覚悟し、関係を深めるために踏み込んだ質問。はぐらかされるなら良し、もしも話してくれるなら、その時は魔王の名にかけてその信頼に応えねばならない。

そんな覚悟とは裏腹に、当のカルナは。

「え、そんなことですか？」

あっけらかんと言い、安心したように笑って答える。

周囲の霊達、ノーデンスすらも穏やかなまま、秘密を探られたことへの反発どころか、老人が昔話を始めるような面持《おもも》ちのまま、ふよふよと浮いていた。

「ノーデンスさん『達』は、実家のお隣さんだったんですよ」

「え？　お隣さん？」

思いがけない答えに、犬耳をひくつかせてセシリアが問うと。

それは今から数か月前、カルナが十三歳の誕生日を迎えてすぐの頃。天啓の儀を行った神父が、王都のギルドに《金印持ち《ギフテッド》》を登録するための使者を送り、戻るまでの間。

浮いた時間で実家に戻ったカルナは、得た力を試してみようと思っていた。

「僕が賢者の職業を受け、死霊術に覚醒《かくせい》したばかりの頃。実家の農場を大きくしようと思って、隣の呪われた土地を浄化することにしたんです」

「待って。……キミ、呪われた土地の隣に住んでたの？」

「お祖父ちゃんが土地を買った時、悪い業者に黙って売りつけられちゃって……」

そうとは知らず、開拓地として買った荒野は呪われており、草一本生えなかったのだ。

契約違反を訴えようにも業者はすでに逃げており、祖父母は厳しい条件ながら、残ったわずかな土地を苦労しながら切り拓き、なんとか食べていける程度の牧場を拓いた。

それでも暮らし向きはいいとはいえない。放置された呪われた土地を畑や牧草地にできれば、より多くの家畜を買い、あるいは人を雇って農場を作れるのだから。

「死霊術では神聖な術のように土地そのものを清めることはできませんけど、怨念《おんねん》に直接語り掛けて解散させることはできると思ったんです。それで――」

――当時のことを思い出す。

はらはらと見守る祖父母、目の前で柵《さく》を越えて呪われた土地に踏み込み、大地に触れる。

強く生者を拒《こば》む気配。大地に染みついた濃厚な怒り、痛み、苦しみ、あらゆる負の祈り。

それに語りかけ、祓《はら》わんとし、魔法を解き放つ。

「【怨念霧散《ミッシング》】！」

使い慣れない天啓の刻印が輝き、彼が思うままに魔力が迸《ほとばし》る。

深く土地に染みついた念、怒りや恨みのベールが剝《は》がれた、そう感じた瞬間！

「あっ!?」

地面が罅割《ひびわ》れ、黒い洞穴《ほらあな》が落とし穴のように口を開く。瓦礫《がれき》と共に闇へ呑《の》まれかけた時、発動したままだった印に魔力をこめ、とっさに新たな魔法を発動した。

「ええと……【ヘドロクッション】！」

負の魔力が放たれ、半幽体となって優しくカルナを受け止める。

ぽよぽよとしたスライム状のクッションが落下の衝撃を殺し、瓦礫に押し潰されることも防いでくれた。見上げれば遥《はる》か遠く、闇に覆《おお》われたドーム状の天井に小さな光が見える。

「物凄《ものすご》く深いや。実家の隣にこんな洞窟《どうくつ》があったなんて……えっ？」

淡い光が溢《あふ》れ、洞窟は真の姿を現した。

小さな島、いやさ大陸に等しいのではないかと感じる大空洞。いかなる巨塔よりもなお大きな柱に支えられた地の底は、あちこちで溶岩が滾《たぎ》り、死の気配に満たされた地獄。

カルナがいるのはわずかな高台、瓦礫の丘。そこから無人の廃墟、滅びた都市の遺跡が広がっている。そこは今にも数百万、数千万の人民が暮らせそうな威容であった。

（これは……人為的に、魔法で作られ……ううん。飛ばされた、空間だ！）

空を見上げる。ドーム状に抉《えぐ》り取られた岩盤は、天然のものではない。

恐らく遥か遠く、どこかから空間ごと『飛ばされて』きたのだ。どれほどの魔法がそれを可能にするのかは知らないが、都市とその中枢《ちゅうすう》を丸ごと葬《ほうむ》り去るほどの力によって。

「あれは……お墓？　いや、ダンジョン!?」

都市の中央に建つ巨大な三角錐《さんかくすい》。それは太古《たいこ》の史書で語られる大墳墓《だいふんぼ》だった。

しかし当時のカルナにはそんな知識はなく、ただそれは異様な力を放つ地下迷宮、その中枢としか思えない。信じがたい強大な気配が、いくつもいくつもその奥から――

「――――!!」

カルナは震え、背後を振り向く。

実体ではない、あまりに強大な念により半ば実体化した霊体。肉体を失ってなお現世に留まり続けた魂が形作ったそれは、異様な迫力を持って少年を見下ろしていた。

巨人と見まごうばかりの巨軀《きょく》、軍旗のように風に白髪と美髭《びぜん》をなびかせるそれこそが、外なる神ノーデンス。後にカルナと契約を結び、肉親のように深く繋《つな》がる相手だった。

＊

「いや、まさか実家の隣に、隠しダンジョンがあるなんて思いませんでした」

『封印が解かれたと思ったら子供が入ってきて、わしらも驚いたんじゃぞ？』

『知らなかったー。そんなことあったんだ』

「うん。みんなとは知り合う前だったかな？　けっこう最近だけど、もう懐かしいや」

——深刻さが一転し、和気あいあいと亡霊と語るカルナ。

自ら問いかけておきながら、セシリアは呆気《あっけ》にとられて話に聞き入っていた。

「それで、そこでお爺《じい》ちゃん達と知り合って契約したんです」

『うむ。時々実体化して美味《うま》いものを食ったり、魔力を借りるのを条件にの。まあ、今や契約を越えて孫のようなもんじゃから、あまり気にしとらんがの』

「……そんな適当でいいのかしら？　ううん、いいのね、きっと」

浴場の隅に用意されていたバスローブを取り、軽く羽織《はお》る。濡れ髪を乾かしながら、今聞き取った事実を、セシリアは知る限りの知識で理解し、呑《の》み込もうとする。

（歴史から抹消《まつしょう》された《廃都》――古《いにしえ》の神々、旧神の墓がそんなところにあったなんて）

そは魔族の伝承。七大魔王の祖たる源流、《神祖》すら旧神の中の一柱に過ぎない。

太古、竜が支配する大陸に降臨して人類の守護者となった神々。されど裏切られ、他ならぬ人類の裏切りによって敗れ、肉体を失いいずこかへ封印されたという。

（ここまでは有名な伝説。けど、封印の場所はあらゆる伝承、文献から抹消《まつしょう》された）

その先に確信は持てない、だが推測はできる。

（情報を消しすぎて、本当にわからなくなってしまったのね。だからただの呪われた土地として売買されて、ネクロモーゼ家が買ってしまった……）

偶然外なる神ノーデンスの封印を解き、気に入られて契約を結んだのかと思っていた。しかし、そんなセシリアの予想をカルナは遥かに超えている。

（ノーデンス……彼の言葉が本当なら、彼は他の神々とも契約を結んでいる、ということ。しかも、外なる神々の本拠地の封印を解いて無事でいるなんて）

それがどれほどの偉業なのか、もはや想像もつかない。あどけない面持ち、どこにでもいそうな優しい少年の笑顔からかけ離れた、異常ともいえる『強さ』があるとしたら？

バスタオルで髪を拭く。その仕草に紛《まぎ》れて、じっとカルナを見つめていると、

「すいません、もしかして引いちゃいましたか？」

視線に気づいたカルナが、しゅんと肩を落とした。

「まさか。そんなことないわよ♪」

心配げに凹《へこ》む少年のふかふかとした髪を撫《な》でながら、

「この調子なら家事は任せられそうね。まだまだ余裕がありそうだし」

「ええと……。そうですね、これくらいなら全然。みんなも手伝ってくれるし！」

セシリアが問うと、すぐさまカルナが答えた。意気込みを示すかのように周囲の亡霊が歓声を上げ、温かく見守るノーデンスの前でふよふよと踊る。

そんな無邪気な仕草に、自然と胸が脈打った。癒《いや》されるような温もり、気配に自然と強張《こわば》りかけた唇がほころび、花咲くように笑みがこぼれた。

「まあ、頼もしい♪　なら、追加でお仕事を頼もうかしら？」

『あたらしい、しごとー？』

「ええ。報酬《ほうしゅう》は、ステキなお部屋のご褒美もコミで年棒＋五〇〇万。どうかしら？」

飛び回る亡霊の相槌《あいづち》にセシリアが答える。するとカルナは一瞬の沈黙のあと、

「はい！　喜んで！」

「まあ。ふふっ♪」

飛び跳ねるような勢いで手を挙げる。お金が欲しい、それはカルナの正直な気持ちだ。

しかし、それだけではない。自分の才能を活《い》かせること、力を活用して『誰かの』役に立てること。いっそう信頼し、その証《あかし》として新たな仕事を与えられたこと。

そんな喜びがあふれるままに、内容も聞かずに仕事を受けたカルナに。

「――よろしくね、カルナ君？」

優しさと愛しさをこめて、魔王は優しく囁《ささや》くのだった。

第三章　最強賢者、奪取する

枯れた大地を渡る風には、血と鋼《はがね》の臭《にお》いがする——。


人類領に深く打ち込まれた楔《くさび》。大陸中西部ジールアーナ地方国境には荒野が広がる。

かつては肥《こ》えた黒土と豊かな水脈に恵まれた、人類有数の穀倉《こくそう》地帯。大陸西部の開拓へ赴《おもむ》かんとする民を支えた土地は、十数年前にさる魔王の侵略により破滅した。

《強欲》の魔王グルガズ・ザラガ……！

荒野に並ぶ兵士たち。粗末な鉄兜《てつかぶと》に鉄の盾と槍を握った彼らが憎むもの。

七大魔王の中で最も攻撃的に動き、ゴブリン、オーガなどを中心とする亜人の大軍団を率《ひき》いていくつもの貴族領を滅ぼし、財貨や食糧、魔力を強奪してきた怨敵《おんてき》だ。

「者ども、怯《おび》えるな。恐れるな!!　——正当なる神の加護は我々にある!!」

王立騎士団の女騎士が、白亜の鎧《よろい》をまとい旗を高らかに掲げた。

男顔負けに鍛え抜かれた屈強な身体《からだ》、だが麗《うるわ》しい金髪や肌の艶《つや》やかさは貴族らしい気品を損《そこ》なうことなく輝いて、兜を脱いで露わにした貌《かお》は女神のごとく兵を惹《ひ》きつける。

「この《鬼岩窟《きがんくつ》》さえ落とせば、我々の土地が返ってくる!!　人類のため、家族のため、故郷をその手で取り戻すのだ。……突撃いっ!!」

『おおおおおおおおおおおおおおおおおおおおっ!!』

槍と盾を打ち鳴らし、兵士の足音が大地を揺らす。

女騎士が示す剣の先にそびえる峻険《しゅんけん》な岩山。

かつて築かれていた砦《とりで》の名残《なごり》、焼けた材木や砕《くだ》けた城壁が転がる山道の向こう、尖った山頂にぽっかりと開いた洞窟《どうくつ》には、屈強な怪物が立ちはだかる。

「ククク……活《い》きのいいザコどもだ。食いでがあるじゃねえか!!」

身の丈三倍、兵士を軽々と見下ろす巨軀《きょく》。

だがそれは戦鬼族《せんきぞく》、オーガにとってはやや小さい。しかし引き締まった肉体は俊敏で、鎧をまとい、巨大な鉄棍《てっこん》を振り回しながら息も切らさず駆け抜ける。

「え?　……あ、ぎゃああああああっ!!」

「ひっ、止ま、止ま……げぼっ!?」

「ハッハハハハハハハ!!　カ～～ン、ってかあ!?　缶カラを叩き潰すのは楽しいぜェ!!」

鉄棍が先陣を切った騎士の鎧を叩き潰し、無残にべこりと凹ませ『く』の字にヘシ折る。

瞬く間に十数人の兵士が叩き潰され、無残な肉の餅《もち》と化しては踏まれ、グリグリと素足に捏《こ》ね潰される。かつて人類を守ってきた砦を単騎で陥《お》とし、大地の魔力を吸収して畑を枯らして水脈を奪い、このダンジョン《鬼岩窟》を創った最悪の戦鬼。

討伐《とうばつ》部隊、人類の精鋭五〇〇は今まさに壊滅しようとしていた。

「け、剣がきかない……！　支援魔法を受けてても、まるで当たらない……っ!!」

「ひいいい……ぐげっ!?」

勇敢《ゆうかん》に立ち向かった兵が、グシャリと踏み潰される。

人が、かつて人だった肉へと変わる。真っ先に挑んだ先陣の兵、二十名。最も勇敢な者らが虐殺《ぎゃくさつ》されていくさまに、控えていた兵士たちが怯え、ジリジリと退がる。

長い長い戦いの歴史において、人類は勝利を求めて策を練《ね》り続けてきた。故にあらゆる種族、名の知れたモンスターへの対策、戦術は完成しているとさえいってもいい。

討伐部隊の編制もそうだ。前衛兵士は物理防御に重点を置いた金属鎧を身に着け、盾で身を守り、槍で突き、ジリジリと敵を削る鉄壁の構え。

後方に控えた魔法使いによる支援は厚く、治癒《ちゆ》はおろか蘇生《そせい》の術師まで揃っている。

文字通りの精鋭五〇〇、それが……！

「グハハハハハハッ!!　面白ェ!!　おもしれェぞ、ブチビチ潰れんじゃねェか!!」

「あ……あああ……ひぃっ!!」

鉄壁の構えが崩れ、命の壁が歪む。恐る恐る構えた盾は鉄棍の一撃で軽々と吹き飛び、槍衾《やりぶすま》は鬼の突進を阻《はば》むどころか、傷ひとつ付けられないままにヘシ折れた。

「つ、強い、強すぎる……こいつ、ただのオーガじゃない!!」

「もうだめだ、おしまいだぁ!!　た、隊長!!　撤退、撤退を……!!」

「くじけるな!!　必ずや勇者が来てくれる、それまで諦めずに戦うのだ!!」

逃げ崩れる戦陣で、指揮官たる女騎士が鼓舞する。が、それはあまりに無謀《むぼう》だった。

大声に兵が応えるより早く、鬼がグルリと振り向いた。闇の眼に興味の色を浮かべて、あえて鉄棍を地面に突き刺すように置くと、拳を固めて殴《なぐ》りかかってくる。

「ぐはっ!?」

剣を構える暇もない。

砲弾が直撃したようなショックが走り、鋼の胸甲《きようこう》が拳の形に歪む。

裸で喰らえば身体が真っ二つに千切《ちぎ》れていただろう。幾重にも重ねられた防御魔法と、優れた名工による鎧の守りが辛《かろ》うじて命を繋《つな》いだものの、衝撃でもはや動けない。

「ゴミを潰すのも面白ェが……鍛えられた女か。これはいい、ウマそうじゃねえか！」

岩にもたれるように座り込んだ女騎士に、黒い巨体がのしかかる。

ジュルリとあふれた涎《よだれ》が牙の間からこぼれ、垢《あか》じみた拳でそれを拭《ぬぐ》う。

戦鬼族、オーガ——亜人の中でもこの怪物が人類に恐れられるのは、その剛力と凶暴さのみではない。活餌《いきえ》、それも人間を好んで喰らう邪悪さによるものだった。

「う……あ……うあああああああああ……!! や、やめろっ!! 寄るなあっ、バケモノ!!」

「ひっ……!?」

倒れた女騎士、生暖かい湯気が装甲の影からこぼれ、マントを濡らして地図を描く。

周りを囲む兵士は、その醜態《しゅうたい》を隠すどころか動けもしない。先鋒《せんぽう》の無残な虐殺を目撃し、そして今指揮官がたった一撃で倒された衝撃に、何もできぬままただ見ていた。

「ヘタレどもが。ククク……まあいいぜ、たっぷり味わうところを見せてやらぁ」

喉《のど》の奥をグルグルと鳴らすように、鬼が嗤《わら》う。

角《つの》の生えた頭を女のもとへ近づけ、汗と絶望の香りをクンクンと嗅《か》ぎながら、

「騎士は殻《から》を剝《む》いて食う。肉がプリプリして美味《うま》い。エビみてえなもんだ!!」

「やめろおおおおっ!! いや、いやだああっ!! あああああ……!!」

名工が鍛えた鎧が、鬼の指先ひとつで無残に剝《は》がれた。

鎧下の胴着が破れ、汗と恐怖で濡れた下着がビチャリと音をたてて岩にへばりつく。服を剝

ぎ取られた女騎士の髪を掴《つか》み、眼前へ持ち上げると――。

「テメエら人間は俺達のエサに過ぎねえんだよ。諦めな、女」

「あ……ああ……」

もはや悲鳴すら嗄《か》れた。涙で目が潤み、喉が詰まって声が出ない。

鬼の掌《てのひら》が腰のくびれをなぞり、肉の詰まった胸を搾《しぼ》るように揉《も》む。その突き出た先端を、果実を食うように伸ばした舌とあんぐり開いた牙が食い千切ろうとした、その時だった。

「――【死霊弾《ゴーストショット》】!!」

下卑《げび》た愉悦《ゆえつ》を吹き飛ばすような、声がした。

「ガアッ!?」

不可視の霊体が唸《うな》りを上げ、鬼の胴体を弾き飛ばす。派手な音をたてて巨体が転がると、入れ替わるようにコツコツと小さな影が歩いてきた。

『大丈夫ですか?　――下がっていてください』

気遣うような優しさとは真逆の、禍々《まがまが》しい声。

それは竜を模した禍々しい仮面を被《かぶ》り、小さな体を闇色のマントで覆《おお》っている。

漂う不気味なオーラ、光を吸い込む深淵の闇。深海の魚のように淡い光を放ちながら、弾丸から戻った亡霊達が泳ぎ回る。子供のような体格、だが放つ気配は――

「なっ……何者だ。ひっ!?」

誰何《すいか》の声が掠《かす》れる。振り向いた仮面の威圧が、女騎士の言葉を封じたのだ。

小さな体を取り巻く怨霊、そのひとつすら彼女の手には負えない。神聖なる天啓により《騎士》の職業を得た彼女は勇敢で、格上のオーガにすら挑む強い心を持っているのに。

「…………～～～～ッ!!」

ゾクゾクと肌が震え、悪寒《おかん》と恐怖が背骨を伝うように駆け登った。

千切れたマントの破片を慌てて引っ張り、悪臭を放つ濡れた布で胸を隠す。

恥じらいではない。紙一枚、布きれひとつでもかまわない。その怪物から身を守るため、恐怖から逃れるために救いを求めた、その結果だった。

「ば、バケモノ……！　なんだ!!　なんなんだ、貴様は!!」

『ええ』

女の絶叫に、マントから出した右手が応える。

それが指を鳴らすと、周囲を漂う怨霊が黒い霊気を纏《まと》いながらその靴底《くつぞこ》を持ち上げた。

怨霊と暗闇の雲に乗り、空中に浮かぶ黒き竜の仮面。深淵の闇を纏うそれは、女騎士の問いに驚くほど穏やかな声音《こわね》で答える。

『僕は、このダンジョンを奪いに来た』

その言葉の意味するところは、新たなる魔族の襲来。

七大魔王は決して仲間同士ではない。互いに勢力を削り、奪い合う敵同士だ。敵の敵は味方などという温《ぬる》い感覚が通用するはずもない。ここにいるのは――――!

『――人類の敵、ですから』

「!!」

女騎士は言葉を失い、震えながら縮こまる。

その怯《おび》えた眼から視線を外し、それは竜仮面の裏で己が言葉に覚悟を決める。


(魔王……セシリアさんの命じるままに)


賢者にして死霊術師、カルナ＝ネクロモーゼ。

勇者より追放されし最強賢者がこの場に現れた理由は、ちょうどその日の朝に遡《さかのぼ》る。

＊

「おはようございます、セシリアさん。起きてますか」

「んっ……」

黄昏《たそがれ》に覆われた地下大宮殿。朝と定められた刻限に魔王の威光は輝きを増すが、それは地上に比べればごく淡く、ささやかなものでしかなかった。

しかし、ここは中枢《ちゅうすう》、最上階。光源に最も近い魔王の寝室、差し込む光はベッドを覆う優しいベールを貫いて、寝間着を乱して眠るあどけない姿を照らし出すほど強かった。

薄紫色のネグリジェに素肌が映える。寝ぼけ眼《まなこ》の上で犬に似た耳をひくつかせ、露わな肩からずれた下着の紐を直しながら、声をかけられたセシリアがそっと身を起こす。

「おはよう、カルナ君。キミもよく眠れたかしら?」

「……………」

一瞬、答えが遅れた。

亡霊達を連れ、隣の部屋から入ってきたばかりの少年、カルナ＝ネクロモーゼ。魔族を装《よそお》う仮面に隠した素顔、頬《ほお》が赤らむのを自覚しながら、どうしても目が奪われてしまう。

(やっぱり、綺麗《きれい》だ。……魔王だから? ううん。セシリアさんだから……かな?)

こぼれそうなほど豊かな胸や、ぺたんとベッドに座った裾《すそ》から零《こぼ》れた太腿《ふともも》。

健康的な肌色に、私生活を覗《のぞ》き見たような背徳感。大人の男ならそんな風に分析する、プライベートな女の色気を浴びながら、未熟な少年はただ戸惑うことしかできない。

「は、はい！　居間のソファ、貸して頂けて助かりました！」

「遠慮《えんりょ》しないでいいのに。仕事のお礼に、同じベッドで良かったのよ？」

「無理ですってば！　同じベッドとか、絶対眠れる気がしませんよ！」

カルナが首を全力で振ったので、竜仮面がクルクルと揺れた。

そんな少年の初々《ういうい》しさに、傍近くで浮いた髭《ひげ》の亡霊が楽しげに笑った。

『にょほほ、甘えておけばよかったのではないかの？　青春よのう』

「からかわないでよ、お爺《じい》ちゃん。ソファと毛布を貸してもらえただけで十分だから」

それは強がりばかりではない、本音でもあった。

（王都を出て以来ほとんど野宿だったし。寝床があるだけで贅沢《ぜいたく》なくらいだよね）

所持金五〇〇ゴールド。就職活動に失敗して素寒貧《すかんぴん》、ゴースト達が集めてくれる野山の食材をかじりながら旅を続けて辺境へ戻り、依頼を求めてさまよう日々。

わずかな焚《た》き火《び》とランプの温もりだけを頼りに、硬い地面で寝るのは辛《つら》かった。

それに比べれば、魔王の隣室。応接間を兼ねた居間のクッションが利《き》いたソファを借り、柔らかな毛布まで使わせてもらえるだけ天国だ。しかも、その毛布は……。

（セシリアさんのもの、だったからだよね。あの香り）

嗅《か》いだことのない、いい香りがした。

ほわんと包み込まれるような気分。間近で嗅いだセシリアの香り。彼女が自らベッドに敷いていたものを取り、貸してくれたそれを亡霊達と共に被って眠った、夢心地。

（あれでさえ死ぬほどドキドキした……。一緒に寝たりしたら、死んじゃうかも）

仮面があってよかった、とさえ思った。

今の自分の真っ赤な顔を見せられない。多額の給料を払い、自分を認めてくれた上司にときめいているなんて、いくらなんでも初日から恥ずかしすぎて知られたくない。

「ぎこちないわね。ソファのクッション、硬かったかしら？」

「そんな！　フッカフカでしたよ。いつか必ずお礼をさせてくださいね！」

勢い込んで言った時、カルナのお腹が鳴った。

「ご、ごめんなさい！　つい……」

起きたばかり、軽く身支度《みじたく》を整えた程度。昨夜から何も口にしていないせいで、ついに身体《からだ》が悲鳴をあげる。恥ずかしさに縮こまるカルナに、

「あら、お腹が空いたの？　なら、さっそく働いてもらおうかしら」

「えっ？」

セシリアは微笑《ほほえ》むと、ベッドサイドに置かれたベルを鳴らした。

するとそれを合図としたかのように扉が開き、廊下《ろうか》で待機していた執事がワゴンを運ぶ。

燕尾服《えんびふく》に骸骨頭《がいこつあたま》、城内の細々とした家事を行うために作られた従僕人形が、純白のクロスをテーブルにかけ、運んできたばかりの皿やカップを正確に並べていく。

「うわぁああぁぁあぁぁ……!! す、すごい！　ご馳走《ちそう》ですね！」

「ふふっ、そう？　喜んでくれたなら嬉しいのだけど」

焼きたての香ばしいパンに、瑞々《みずみず》しい野菜が載ったサラダ。クリームをたっぷり使ったポタージュスープはとろけるようで、焼いたソーセージと目玉焼きがふるりと揺れる。

デザートには切った果物入りのヨーグルト。帝都の高級宿で出てくるような朝食、ついこの間まで拾った草をかじっていたカルナには、想像もつかない贅沢だった。

「これが、今日の最初のお仕事よ。――朝ご飯、一緒に食べましょう♪」

「最高すぎる……。これが仕事でいいんですか……!?」

「上司の相手、だと思えばお仕事のうちでしょう？　ほらほら、冷めないうちにどうぞ」

「は、はい！　いただきます！」

丁寧《ていねい》に勧められ、セシリアと向かい合わせの席につくと、

「執事はもう入ってこないから、兜《かぶと》も外していいわよ」

「はい。けど……これ、本当に僕が食べていいのかなあ」

執事が一礼して立ち去り、仮面を外して改めて向き合うと、その豪華さに震える。

カルナが祖父母のもとで暮らしていた時でさえ、こんな立派な食事をしたことはない。食器ひとつすら未知のものだ。せいぜい手作りの木匙《きさじ》に木皿だったものが、白磁《はくじ》の皿に銀食器。磨《みが》き上げられた芸術品は、手にすることすらためらってしまう。

「もちろんよ。料理人には事情を話して、人間用の食事を作ってもらったんだから」

「ありがとうございます！　そういえば、セシリアさんの分は……」

カルナの前に用意された食事とは、まったく違った。

大きな銀の深皿に、紫色の地獄が煮えている。カルナの魔力を視《み》る眼には判る、それは物質的にはただの温めた水、要はお湯に過ぎない。

だが人間から搾《しぼ》り取られた生命力、命そのものといえる力が染み込んでおり——断末魔《だんまつま》の叫び、残留思念が苦しみに喘《あえ》ぐ声が、スプーンを差し入れるたびに響くのだ。

「あら、何か変かしら？」

「あ、いえ。なんでもないです！」

そういえば、とカルナは思い出す。

（昨日、書庫で読んだ本に書いてあったっけ。魔族の食事は人類と違い、食材の栄養ではなく魔力の吸収が目的となる……極端にいえば、魔力さえあれば他は最低限でいいんだ）

肉や野菜をもし口にするとしたら、肉体を維持するギリギリの量でいい。

重要なのは、含まれる魔力。そこに人間の料理のような配慮《はいりょ》は存在しない……はずで。

「頂きます。カルナ君も遠慮しないでね？」

楚々《そそ》とスープをすくい、銀の匙で唇へ運ぶ。

マナーを徹底的に学んだ貴族令嬢のように、音もなく不気味なスープが吸い込まれて、喉《のど》がわずかに嚥下《えんか》する。飲み込んだ時、自然と魔王は笑みをこぼした。

「うん、おいしい！」

「……………」

思わず見惚《みと》れ、言葉を失った。

それはセシリアの美しさもある。だが、それ以上に。

（あれ、どんな味がするんだろう？）

美味《おい》しそうに食べる表情、飲み干した笑み。それをもたらす味に興味が湧いたのだ。

思わずじっとスープ皿を見つめるカルナに、しゅんと犬耳を伏せながらセシリアが訊く。

「やっぱりこれ、人間には気持ち悪く見えるかしら？」

「そんなことないですよ！　あの、それ一口頂いてもいいですか？」

疑問に疑問が重なるやりとりは、お互いの答えが意外すぎたせいだった。

「えっ、食べたいの？　ふーん……それじゃあ」

セシリアは不気味にうねる液体にスプーンを入れて一口すくう。

どす黒い紫色の怨念《おんねん》がうねり、断末魔の形相《ぎょうそう》で声なき叫びをあげるスープを。

「はい、あ～ん♪」

『本気かカルナ!? 死ぬぞい！』

興味深げにカルナを見つめ、口元へ差し出す。傍を浮いていた亡霊達が慌てふためき、ノーデンスまでもが飛び寄る。しかし、止めるより少年が唇を開く方が早かった。

「あ～ん……んむっ!?」

スプーンが舌先に触れないように、そっと傾けて冷ましたスープを垂らす。

小鳥に餌《えさ》をやるような繊細な仕草でセシリアが手を引く。ぱくりと口を閉じたカルナは、周りの亡霊達が心配げに周囲を飛び回る中、軽く目を閉じてそれを味わっていた。

「……おいしい！」

「ホント!? うれしいわ！」

『『!?』』

カルナの笑顔にセシリアは笑み、亡霊達は驚いた。

演技でもお世辞《せじ》でもない。口の中でスープを転がすように飲み、その余韻《よいん》に浸るカルナの満足げな笑みは、どう見ても素直に『美味《うま》い』と感じている。

『ど、どういうことじゃ？　……この手の魔力食など、最低限の栄養補給のみ。味は正直、腐った肉をドロドロに溶かしたゴミクズみたいなもんじゃろうに！』

「うん、書庫で読ませてもらった本にもそう書いてあった。お爺《じい》ちゃんも知ってるの？」

『わしらの時代から一応、魔力食はあったからのう。じゃが、美味くはなかったぞ』

茫漠《ぼうばく》とした輪郭《りんかく》にハッキリと嫌な表情を浮かべて、ノーデンスが過去を思う。

『いらんと言うとるのに、たま～に生贄《いけにえ》を捧げるヤツとかがおるんじゃよ。死んでゆく者の捧げた魔力、言うてみれば魂じゃな。捨てるのも悪いから吸収しとったが、ベタベタとへばりつくようなエグみがあってのう。どうにもたまらんかったわい』

「太古《たいこ》、まだ外なる神々の神殿が地上にあった頃ね。その当時神に捧げられた供物《くもつ》、神饌《しんせん》が魔族の食事のルーツになっているの。けど……」

思い出すのも嫌そうなノーデンスに、セシリアは語る。

「それじゃ、食べにくいでしょう？　私の城では、きちんとした人間風の味付けをするの。長い年月をかけて、そういう文化が発展していったのね」

『なんとまあ、変われば変わるもんじゃのう……』

ほー、と神の魂はため息をついた。

繋《つな》がった霊的回路を通して、少し遅れてカルナの『味』が伝わってくる。塩気は薄いが、こくのある喉越しと温かさ。あっさりとした野菜を煮詰めたような素朴《そぼく》な味だ。

「やっぱり！　この味……お祖母《ばあ》ちゃんの味に似てます。芋《いも》やニンジンの皮を煮たあと、濾《こ》してとったスープに塩を入れたやつで、よく食べてたんです！」

「あら、そうだったの？　カルナ君の家庭の味、私の好みにぴったりなのね！」

嬉しげにセシリアが手を合わせる。

「洞窟《どうくつ》の中だし、野菜もそう手に入らないのよ。わずかな光で作ったものをベースにして、主に野菜スープに魔力を溶かしたものを食べているわ。人間の口にも合うのかしら」

「もちろんです！　ちゃんと美味しいですよ。あれ、それじゃあ……」

不意にカルナは食卓に上がった料理を眺めた。

人間用に料理されたそれは、肉も野菜もふんだんに使ったもので。

「僕の食事って、貴重なものじゃないですか？　すいません、気を遣ってもらって」

「いいのよ、それくらい。むしろ君が私達の食事を食べられるなんて思わなかったもの。味はそこそこだけど、外見だけは人間の美的感覚に合わせられなかったのよね」

スープの色を変え、不気味な唸《うな》り声や顔を浮かばせているのは溶け込んだ魔力だ。

死にゆくものの命の魔力。かなり古い時代に蓄《たくわ》えられたものだろう、人間に例えるなら極度に発酵《はっこう》し過ぎた漬物のように、吐き気を催《もよお》すような怨念を感じる。

普通の人間が口にしたなら、それだけで吐いてしまうだろう。が、死者や怨念に耐性を持つカルナにとっては、ただの美味しいスープでしかない。

「あんまり見た目でどうとかは思わないんです。外見がドロドロでもいい人はいますし。あっ、もう少しだけ貰《もら》っていいですか？」

「……うん！　もちろんよ。それじゃ二人でシェアしましょうか！」

「あっ、僕のも一緒に食べてください。サラダとかとりわけますね？」

「まあ、気を遣わなくてもいいのよ？　けど……お言葉に甘えて。あ～ん♪」

『……………』

蕩《とろ》けるような笑みで口を開けるセシリアに、戸惑いながらカルナがサラダを運ぶ。

呆気《あっけ》にとられながら亡霊達が少し離れて見守る中、そんな光景がしばらく続き――。

「ご馳走様《ちそうさま》でした！」

「お粗末様。さて……それじゃあ、本題」

綺麗《きれい》に料理を平らげ、空《から》になった食器をいそいそと亡霊達が片付ける。用意されていた食後の茶をカップに注ぎ、湯気と共に香りを楽しみながらセシリアは続けた。

「キミがこれから目指す《魔将》について教えてあげるわ。いいかしら？」

「魔将、ですか？」

それは魔王の手足たる軍勢を束ねる一軍の主。

独自の領地と軍団を抱え、魔王の傘下《さんか》で働く——。

「人類でいう貴族のようなものね。私達《嫉妬《しっと》》の魔王軍は外に領土を持っていないけど、支配種族の代表者や、昔から魔王家に仕えている上位魔族が魔将とされているの」

「外の領土、ですか。それってもしかして……」

「ええ、ダンジョンのことよ。人類領や他の魔王領との国境付近に作って外敵を引き寄せ、戦ったり倒すことで魔力を得るの。人類側でいう、要塞《ようさい》と畑を兼ねたようなもの」

今、色欲の魔王家に仕える魔将は四人。

「金庫番の上位魔族、マモン。貴方《あなた》が倒したベルフェゴール、そして支配種族……豚人族、オークの代表と淫魔族《いんまぞく》、サキュバスの代表ね。うまくいけば、キミが五番目になるわ」

それらは皆、古くから仕えている者達だ。代替わりで世代こそ若いものの、それぞれの家は色欲の魔王家に数百年単位の長きに渡り従い、忠義を尽くしている。

「この地下大宮殿内の区画を一部領地に、それぞれ一族郎党を配下の軍として養ってるの。豚人族はたまに外へ出て物資を奪ったり、淫魔族は人類領域に潜入していたりするわ」

今カルナやセシリアが食した料理や、食後に淹《い》れた茶葉もオークが奪い、あるいは街に潜入した淫魔が買ってきたものであり、それらが『功績』となる。

「上位魔族、ベルフェゴールは地下大宮殿の防衛の責任者ね。マモンは私の代理として、魔力を公平に分配したり、節約する役目を持っているの。だから『金庫番』よ」

「それぞれ、仕事があるんですね。じゃあ、僕もそういう仕事を？」

不覚にも少しわくわくした。誰かの役に立てる、それだけで救われる思いがあった。

「頑張ります！　その、人類を皆殺しにしろとか言われたらちょっと困りますけど……」

「……ちょっとでいいのかしら、それ？」

小首を傾《かし》げつつ、セシリアは意気込むカルナに微笑《ほほえ》みかける。

「とにかく、キミには五番目の魔将を目指してもらうわ。確約はできないけど活躍次第で、年棒は二倍、三倍。いえ、もっともっと上がるわよ。それでいい？」

「はい、もちろんです！」

「ふふっ、いいお返事ね。それじゃ、まずは魔将にふさわしい領土だけど……」

少し悩むように下唇に指を当て、セシリアが考え込む。すると、

「あ、それなら実家の農場と、ノーデンスさん達のお墓じゃダメですか？」

『わしの仲間も大勢おるぞ。盛り上がってきたわい！』

『わ～～～っ♪』

カルナの無邪気な提案に、亡霊達が盛り上がる。

外なる神が眠る隠しダンジョン。そんなものの存在が明らかになれば、それはもちろんとてつもない価値があるだろう。しかし、逆に……。

「恐れ多くて部下がみんな逃げちゃうわよ。それにご実家は人類領でしょ？」

国境地帯ならともかく、カルナの実家はやや離れた内陸部だ。地底大宮殿が眠る山とも、他の魔王領とも離れており、そこに魔王が支配するダンジョンが生まれたとしたら。

「人類と正面から戦争することになっちゃうわ。それはちょっと嫌よね」

「あ、そうですね。攻めるなら、さすがに魔将になってからにしたいです！」

「攻めちゃダメよ。私、こう見えても穏健派の魔王で通ってるんだから」

やる気を見せるカルナを軽く宥《なだ》めると、セシリアは席を立った。

「それじゃ、カルナくん。お出かけしましょうか」

「はい。どこへ行きますか？」

セシリアに続いて立ち、とてとてと歩み寄りながら言うカルナに。

「そうね――お引っ越し、かしら♪」

そう言った、数時間後。

＊

——転移魔法を使い、地下大宮殿を離れてやってきた、この地。

《鬼岩窟》……他の魔王が支配するダンジョン。ここへ『お引っ越し』……ボスを倒して、奪い取るようにセシリアさんに言われたけど）

仮面のカルナが割り込み、命を救われた女騎士の眼前で、倒れていた戦鬼がピクリと動く。

やはり呪文の一撃では死んでいなかったようだ。当然だろう、セシリアの話通りなら、このオーガもまた魔王に仕える選ばれし《魔将》、そのひとりなのだから。

（《切り札》を切る。その用意を、しておかないと！）

深く羽織《はお》ったマントに隠した『それ』に手をかけ、カルナが準備を整えた時だ。

「カカカ……奪いに来ただと!?　どこの魔族か知らんが、この鬼岩窟をか!!」

「なっ!?　あ、あのオーガ……まだ、生きている!?」

女騎士が叫び、オーガはゴキゴキと首を鳴らしながら立ち上がった。

カルナの攻撃によるダメージはほとんど見られない。女騎士を嬲《なぶ》るために手放していた鉄棍を再び手にし、全身の筋肉を弾けんばかりに膨《ふく》らませ、怪物は高らかに名乗った。

「ただのオーガと一緒にするなよ。俺は《強欲の魔王》グルガズ様の配下、《戦鬼兵団》が魔将、戦鬼長ベロウズ！　オーガの上位種、オーガロードの王だ!!」

邪鬼が拳を掲げる。そこに刻まれた刻印は、荒々しき力のサイン。オーガにしては小柄、細身とさえ思えた肉体が倍ほどに膨れ上がり、皮膚《ひふ》は鋼《はがね》のように黒光りしている。内側からこみ上げる肉の圧力、血管の膨張《ぼうちょう》に耐え切れず、鋼の鎧《よろい》が軋《きし》んで割れた。が、この怪物にとっては何も痛くはあるまい。その筋肉は鋼よりなお強靭《きょうじん》なのだから。

「俺に刻まれた滅印は《剛力無双《ごうりきむそう》》……!!　この腕でドラゴンの首すらネジ切ったほどよ。貴様のようなチビ助など、グチャグチャのひき肉にしてくれるわ!!」

「な、七大魔王の魔将……しかも、《滅印持ち《ギフテッド》》だと!?」

女騎士が悲鳴をあげる。自分がいかなる相手に挑んだのかを今更知って。

《滅印持ち》とは、魔族側の《金印持ち《ギフテッド》》。魔族が崇《あが》める古き神々に加護を授かった者の中でも特に優れた力を得た選ばれし者、人類の敵たる中でも最精鋭の証《あかし》。

それも七大魔王の魔将に任じられるほどとなれば——その力はまさに英雄クラス。人類側の常識でいえば、弱者の群れを当てたところで討伐《とうばつ》は不可能。

百の凡夫《ぼんぷ》、千の兵士、万の軍勢すら打ち滅ぼしかねない怪物ども。立ち向かえるのは、人類の盾たる戦士。すなわち《金印持ち》、勇者クラスの実力者のみだとされる。

（か、完全に見誤った……！　まさかそれほどの者が直接迎撃に出てくるとは！）

ダンジョン攻略の手順からすれば、序盤の露払いを兵士がこなし、陣地を設《しつら》える。後に選ばれし者がパーティーを組み、ボスを討伐するのが人類側のセオリーだ。

戦鬼長ベロウズはそれを読み、あえて力をセーブして出現することで油断を誘い、奇襲を以《もっ》て討伐部隊を撃破した。そのままなら、策は完全にハマっていただろう。

「……オーガの上位種、オーガロードか。しかも強化能力持ち……！」

敵を前に悠然《ゆうぜん》と呟《つぶや》く竜仮面、子供のようにすら見える謎の魔族が現れなければ。

「フン、ビビって動けんのか？　ならば……死ねぃ!!」

ベロウズが鉄棍を振り上げ、少年を叩き潰さんとする。

「ッ！」

刹那《せつな》、カルナが動く。

マントに隠すように忍ばせていたランプの蓋《ふた》を開けた瞬間、中に灯っていた小さな火が深紅の閃光《せんこう》と共に膨れ上がり、まるで竜の吐息のごとく噴き出した。

「グオオオ……ッ!?」

巨漢がたじろぐ。炎の塊《かたまり》は揺らめき、赤々と燃える影が鋭く尖った眼や牙の生えた口を形作り、燃え盛る鬼火がカルナを守るように立ちはだかる。

「ありがとう、ヴォル君。――行くよ！」

『おうよ、カルナァ!!』

鮮やかな声がした。仮面でくぐもったカルナのそれとは違い、夏の陽光を思わせる高音。聖歌隊に並んでいたならさぞ映えるであろう美声で、異形《いぎょう》の鬼火が主に応えた。

カルナの右手、天啓の刻印が輝いた。膨らんだ鬼火が凝縮し、その拳に宿る。黒い翼のようにマントをそよがせ、少年は炎の拳を無造作《むぞうさ》に頭上へ突き出す。

「小細工《こざいく》を……!!　うおおおおおおおおおおおおッ!!」

炎に怯《ひる》んだ己を恥じるように、ベロウズが咆《ほ》える。鉄棍が唸《うな》り、今度こそ少年を襲う。

――ドォンッ!!

轟音《ごうおん》が響き、土煙が昇り、火花が咲く。

熔けた鋼が溶岩のように真っ赤な滴《しずく》となり、バチバチと音をたてて飛び散った。

鉄棍の先端が真っ赤に灼《や》け、突き出た棘《とげ》が丸く崩れる。少年の手を覆《おお》うように出現した炎の盾が、城壁をも粉砕《ふんさい》するオーガロードの豪打をみごと防いだのだ。

「なっ……！　ば、馬鹿なああっ!!　こ、こんなチビが……オレを!?」

「オーガロードの全力を、止めただと!?」

現実を疑う叫び。ベロウズが、女騎士が唖然《あぜん》とする。

それはありえない光景だった。カルナ自身より遥《はる》かに大きく重い鉄の棍棒《こんぼう》、それを少年の細腕がピタリと受け止めている。意地で力をこめようと、動かない！

「あ？　……ああ……ン!?」

ベロウズは叫び、よろよろと数歩退がった。鉄棍が腕から外れて地面を叩き、ジュウと音をたてて冷え、カルナの拳で盾のように変化していた炎は鬼火の形を取り戻した。

『ヘヘン♪　楽勝だったろ？　ビビッてんじゃねーよ、カルナ！』

「油断禁物だよ、ヴォル君。あれが全力とは思えない……！　あんなに大きいんだ」

揺らめく鬼火が放つ明るい声に、カルナは警戒を解くことなく続ける。

「次の攻撃はもっとケタ外れの一撃になるのかも。要注意だよ！」

「ッ……！　そ、そうだ。無意識に手加減しちまったみてえだな!?」

ハッと打たれたようにオーガは気づき、改めて武器を握り直した。

先ほどは右腕のみ。今度は両手を合わせてしっかりと構え、今起きたありえない出来事を打ち消さんとばかりに、改めて筋肉を膨らませて力を溜める。

「オレがこんなチビに止められるわけがねえ！　次こそ、全力で叩き潰してやるぜ!!」

「わかりました。なら――こっちも本気でいくよ、ヴォル君！」

『あいよ！　オレの全力、持っていきやがれ!!』

三つの声が同時に響き、真っ先に巨躯《きょく》が迅《はし》った。

単なる腕力頼みではない、強化された武器に魔力を乗せた《剣技》。それはこの怪物が、戦士としても非凡な力量を持っていることを意味している。

熔けかけた鉄棍を闘気が覆い、爆発的な衝撃を生む。喉《のど》が引き裂けそうな雄叫びと共に文字通り大地が砕《くだ》け、人より遥かに巨大な岩が飛び散る……！

「ウオオオオオオオオッ!!　死ねえええええええええっ!!　――【大地断】!!」

衝撃が大地を躍らせた。あたかも小さな火山が噴火したかのように、鉄棍を叩きつけた大地が裂け、破片が砲弾となってカルナを襲った。

絶対回避不可能の質量打撃、《剣技》の中でも物理攻撃に特化した、魔族人類を問わず使われる必殺の技。波打つ大地、砕けた岩が天より落ち、少年に迫る。

――が。

「顕現《けんげん》せよ、灼熱《しゃくねつ》」

静かな声と共に、少年は再び天啓を輝かせた。

拳に宿った鬼火が鼓動のように脈打つ。凝縮された炎が深紅からさらに燃焼し、宝石のような蒼へと変わっていく。カルナが持つ膨大《ぼうだい》な魔力が変換され、奥義が解放される。

「――【火之迦具槌《ヒノカグツチ》】!!」

迫る巨岩に、少年が炎の拳を叩き込む。

するとその瞬間、天が『爆《は》ぜた』。

音と熱が空を裂き、大地を断った衝撃を波のごとく呑《の》み込んで、驚くべき指向性を以て突き進む。空の彼方《かなた》にまで届きかねない炎の柱が横倒しになり、天をも焦がさんばかりの生ける炎の渦《うず》は一直線にベロウズを呑み込むと、背後に口を開けた迷宮へ飛び込んだ。

「……ギャアアアアアアアアアアアアアアアアッ!?」

絶叫。灼熱と衝撃がダンジョンに雪崩《なだ》れ込み、内部に潜んでいた魔物を、あらゆる罠《わな》を、侵入者を阻《はば》む地形や壁のすべてを貫通し、焦がし、熔かした。

激しい地揺れが大地を襲い、黒い噴煙で陽が遮《さえぎ》られる。にわかに夜となったかのような暗闇が、戦場だった場所に降ってゆく。

少年の拳から放たれた鬼火。突き進む太陽の砲弾が鬼ごとダンジョンを貫通、山に穴を穿《うが》ったばかりか、山頂を丸ごと崩して斜めに削り、完全に形を変えてしまった。

「あ……ああ……あああああ……? 見えない、見えないよお……!?」

「バカッ、光を直接見たのか!? 眼が真っ白に灼《や》けちまってる、治癒《ちゆ》を、治癒を!」

「余波で死んでるヤツもいます! 蘇生《そせい》を……! 蘇生してくれえええええ!」

「ひぃいいっ！」

転がっていた兵士達の絶叫が、まるで合唱のように響き渡った。

身を伏せ、耳を塞《ふさ》ぎ、眼を覆っていながらこれだ。討伐《とうばつ》部隊の精兵五〇〇、大半が咄嗟《とっさ》に逃れたものの、運悪く余波を被《こうむ》っただけで軍は瓦解《がかい》し、息のある者から逃げ始めていた。

「あれ、消えた!?　……潜伏系のスキルを使ったのかな？」

『ちげーよ、根こそぎ吹き飛んじまっただけだって！　やりすぎだ！』

「ええっ!?　でも、七大魔王の魔将だよね。そんな簡単にいくかなあ……？」

大惨事《だいさんじ》の元凶――鬼火を連れた竜仮面の少年は、きょろきょろと周囲を見渡している。

どこか滑稽《こっけい》な仕草だが、周囲の人間達にそんな余裕はない。仮面から迸《ほとばし》る邪悪なオーラ、魔族と偽装する邪悪の気配と相まって、その姿は降臨した悪魔そのものに等しく映る。

「く、黒い……悪魔……！」

ガタガタと震えながら、辛《かろ》うじて生き残った女騎士が我が身を抱きしめる。

オーガロードの突撃を片手で防ぎ、その一撃で山をも穿つ。その装束《しょうぞく》は闇を切り裂いて纏《まと》ったかの如く光を奪い、無数の死霊と死の鬼火を連れたそれを、彼女は悪魔と呼ぶ。

「た、隊長！　どうしますか、隊長！」

「退却！　退却だ!!　なんとしても脱出し、勇者に伝えろ!!」

よろめき、裸同然の身をマントの切れ端で辛うじて隠しながら、女騎士は逃げ出した。傷ついた兵士がそれに続き、必死についていく。生き残り、伝えるために……！

「新たな、魔将。いや……魔王が生まれたのかもしれない、と……!!」

＊

『おい、逃げちまうぜ？　いいのかよ』

「しっ、静かに。逃げた魔将を探さないと！」

傍《かたわ》らに浮かぶ鬼火の質問に、カルナは危機感をこめて答えた。

人間と戦う必要はない。それより今は、消えた敵、ベロウズの居場所を探る必要がある。

「――【幽霊探知《ゴーストサーチ》】！」

『わ～～っ♪』

亡霊達が猛烈な勢いで飛び出すと、焼け焦げたダンジョンの残骸《ざんがい》や瓦礫《がれき》の隙間《すきま》を調べる。

超高温の炎で焼き払われた結果、ほとんど敵の痕跡は残っていない。わずかな灰の中に燃え尽きた骨のかけらが散らばっているだけだった。

『このへん、しらべたけどだれもいないよ？』

「おかしいなあ……。上級魔族って、お爺《じい》ちゃんやヴォル君の子孫だよね？」

亡霊の報告を受け、ヴォル君と呼ぶ鬼火にカルナは訊ねる。

『オレらの加護があるってことは、そうなんじゃね？　たぶん』

「そんな適当な。あの《剛力無双》とか、ヴォル君の加護っぽかったけど」

『やー、知らないヤツでもオレや爺ちゃんにしっかり祈ってりゃ届くしな』

燃え盛る炎の揺らぎが顔のように浮かぶ。

鬼火の中に現れた朧《おぼろ》げな人の顔は、腑《ふ》に落ちない様子で続けた。

『オレらの家、カルナんちの隣のでけー墓あんだろ？　あそこまで祈りが届いたら、後はもう無意識に《滅印》を送るだけだぜ。誰にやったとか覚えてねーもん』

「そういうものなんだ……。けど、いくらなんでも弱すぎるよ」

大宮殿の入口を守っていた上位魔族、ベルフェゴール。若き貴族のような有翼の魔族は、ノーデンスの一撃によって倒れたが、即死はせずに生き残っていた。

「あの人でも無事だったし、いくらなんでも【火之迦具槌】一発でやられるわけないよ。きっとまだどこかに隠れてるか、逃げちゃったんじゃないかな？」

カルナが頑《かたく》ななまでにそう思う理由は、彼が初めて経験した『戦い』にあった。

（僕が戦った、お爺ちゃん達——みんなの力は、こんなものじゃなかった）

その加護を意味する《滅印持ち》がこの程度の実力とは、とても思えない。

だいたい、【火之迦具槌】程度ならば。

「天啓を得たばかりの僕でも凌《しの》げたんだし、威力は高いけど受け流せる基本技だよね？」

『出は早いし応用利《き》くし、牽制《けんせい》としちゃ優秀だけどな。ニシシ♪』

ルビーのように透き通った炎の髪。背丈はカルナよりやや高く、中性的な顔立ち。

カルナの傍に浮いていた鬼火がぼわりと膨《ふく》らみ、その姿となる。名をヴォルヴァドス、かつて挑んだ実家の隣の隠しダンジョンで出会った『友達』だった。

（僕が戦ったお爺ちゃん達の強さは、こんなものじゃなかった……！）


――実家の隣の隠しダンジョン。大墳墓《だいふんぼ》の封印を解いた、その時。


「あなた達は……？」

『この墓地に眠る、しがなき神霊だ』

乾いた風が数百年ぶりに吹く。封印され閉ざされた閉鎖空間、空の彼方に風穴が開き、上空から吹き込む空気と太陽の光が、巨大なピラミッドを照らし出している。

そこに降り立ったばかりの少年。

封印を破り、天井から落ちてきたカルナを出迎えるように、三つの影が立ちはだかる。

「心霊？　……ここ、お墓だったんですね。知りませんでした」

『ふむ。ここへ至るは偶然であったか、死霊の使い手よ』

正面に立つは老いた雷神。美しい白髭《しらひげ》と髪を風になびかせ、手には雷を固めたがごとき三叉《さんさ》の矛《ほこ》。後にカルナはその名を知る、外なる神ノーデンスと。

『知らずとはいえ大墳墓の封印を破り、我らが元へ現れた以上——希代の使い手と見える。その術理を以《もっ》て我らを従えんと欲するならば、その力を示してみよ』

「え？　ええと……」

難しい古語の言い回しに、カルナが戸惑う。

『まずは一献、歓迎の盃をくれてやろう。——【絶望の紫電】！』

ノーデンスの矛が雷光を発し、凄《すさ》まじい勢いで降り注ぐ。

巨木の幹よりなお太く、瞬きより短い刹那《せつな》の光。異様なまでに出が早い、煌《きら》めいた瞬間、衝撃が敵を焼き焦がす最速の電撃が、カルナの周囲を紫色に照らし出した。

「——【ヘドロクッション】!!」

対処できたのは本能。雷の光が網膜《もうまく》に映るよりなお早く、カルナの右手は輝いていた。雷を通さぬ負の粘液が出現し、少年と周囲を傘のように包む。

降り注いだ電撃が地面に流され、表面のぬめりが熱で瞬時に沸騰《ふっとう》し、炸裂《さくれつ》した。

黒いヘドロが内側から膨れ、灼熱《しゃくねつ》の泥と雷の欠片《かけら》がカルナを襲う。

「うぐっ!?」

『へ〜、やるな。爺さんの一撃をいなしやがった!!』

楽しげな声がした。ノーデンスの背後に控えていたもうひとつの影に、炎が灯る。

『これ、ヴォル。わしが試しておる最中じゃぞ?』

『今のを凌《しの》いだ時点で合格みてーなモンだろ、かてーこと言うなって♪』

子供のようにはしゃぎながら、太陽が顕現《けんげん》する。炎の申し子ヴォルヴァドス、少年とも少女ともつかぬ美貌《びぼう》にハッキリとした笑みを浮かべ、構えた拳に星を産んだ。

『地上に咲く太陽の業火。——凌いでみろ、さればダチにしてやんよ!!』

「だち?　……友達、ってこと?　そっか、これは……!」

ただの理不尽な攻撃ではない、とカルナは悟った。

天啓の刻印が伝えてくれる。死霊術のみならず、神や悪魔を使役する召喚術師、魔術師の世界において、術者は常に力を示さねばならない。

力ある者を従える法則、それはより強い力を示すこと。この謎の墳墓に宿る『心霊』は、今死霊術師たるカルナの力量を見定め、仕えるにふさわしいかどうか試している……！

（負けられない。まだ、死ねない。僕は、まだ……何もしてない!!）

ヴォルヴァドスの拳がより輝く。星の仔、太陽を孕《はら》んだ拳。

カルナの知識では理解できない。それは夜空に輝く星の光、その源たる炎の星の精髄《せいずい》、そのひとかけらであると。物理の法則の極限に位置する、超高熱……!!

『【火之迦具槌《ヒノカグツチ》】!!』

「【汚泥の弾丸《ダーティーショット》】!!」

雷光の余波、火の粉のかけらすらその身を苛《さいな》む中、カルナは必死で魔法を編む。

咄嗟の状況、許されたのはほんの一瞬の詠唱《えいしょう》と集中。それで発動できる最短の魔法は、死霊術の基本である汚泥の弾丸。本来なら一瞬で蒸発し、炎に飲まれる泥の一滴！

『な……ッ!?』

「はあああああああああああああああああああっ!!」

――それは一瞬の奇跡。

カルナの刻印が極限まで輝く。太陽を顕現させるが如き究極の炎に、耐火術や防御魔法など薄紙一枚ほどの役にも立たない。ならば選ぶは、もっと原始的な天地の理。

炎を制するは水。魔力で編まれた汚泥に含まれた土と水が、太陽を沈めんと放たれる。当然、一発や二発では瞬時に蒸発して消されるだけだ。されど、数が尋常《じんじょう》ではない！

『千、万、億ッ……!? 尽きないのかよ、ハハハハハッ!!』

「────〜〜〜〜ッ!!』

焔《ほのお》の塊《かたまり》に対し、汚泥の弾丸数千発。消える、されどまた飛ぶ、消える、また！

それは異なる魔力のぶつかり合いだった。太陽に無限の水滴をひっかけて焔を消さんとするような無謀《むぼう》極まる試みを、カルナは逃げずに行っている。他に手段がないのだろう、だがそれでも小さな体からケタ違いの魔力を生み出し、拮抗《きっこう》させていく……！

カルナとヴォルヴァドス。お互いの手を伸ばせば繋《つな》げそうな距離。爪一枚ほどの厚みを究極の炎と無限の泥が奪い合う。数秒の拮抗、そして破局が訪れる。

「うわあああっ!!」

焔が爆《は》ぜ、カルナが吹き飛ぶ。

だが倒れた少年を襲うかに見えた焔は消え、服や装備を激しく焦がしながらも、少年はクレーター状に抉《えぐ》れた地において原形をとどめ、それどころか立ち上がろうとしていた。

『止めたのう、ヴォル。──手加減したのかね？』

『いんや、オレの負けだぜ。不意打ちみてーな仕掛け方して防がれたんだからな』

『で、あろうな。さて、我ら古き神々の技をこれだけ受けて立った者はおらぬが……？』

若き神と老いた神が、興味深げに黒煙渦巻《うずま》く爆心地を眺める。

焼け焦げ、熔けた岩盤がガラスのように艶《つや》めく中――。

『久しぶりの客じゃ、期待しておったがこんなものかの？』

『いんや、まだだろ。……見ろよ、爺《じい》さん！』

神々が驚愕《きょうがく》し、快哉《かいさい》を叫ぶ。炎の中、焦土に少年は立ち上がる。

『なんとっ!?』

「………っ！」

言葉はない。決意を秘めた眼で、決して諦めることなく睨《にら》みつける。並の人間なら千人、万人消してもなお余る雷と炎の洗礼を受けて、心挫《くじ》けていないのだ。

『なるほど。……良い目をしておるじゃないか』

老神が笑む。この日、この時こそが隠しダンジョン――実家の隣の大墳墓を攻略する、カルナ＝ネクロモーゼの挑戦と冒険、その始まりだった。

「大変だったよね、あれから。――攻略まで、何年かかったかわからないし」

『んー。百年くらいじゃね？』

過去の戦いを思い返したカルナに、鬼火ヴォルヴァドスが相槌《あいづち》を打つ。

『あそこは時間も空間も停滞した隔離空間だからな。齢《とし》もとらねーし、腹も減らねえもん。正確に測ったわけじゃねーからわかんねーけど、面白かったよな！』

「うん。おかげでみんなと友達になれたしね。ヴォル君も、ありがとう！」

『へへっ、こっちこそ。おかげで外にも出れたし、楽しませてもらってっからな！』

崩壊した鬼岩窟の跡地。諦めず、カルナは念入りに痕跡を探している。

そんな少年の足元を照らしながら、

『けどまー、さっきのヤツならたぶん死んだと思うぜ？　だって弱いし、アイツ』

「そうかなあ。そう見せかけて逃げたんじゃないかな。お爺ちゃん達はあんなに強いし、その子孫である魔将も同じくらい強くなきゃ、おかしいと思うけど……」

死んだのなら、死霊術師であるカルナにはその魂が見えるはずだ。

実際は迷うはずの魂すら焼かれて消滅したのだが、少年はそれを思いつかない。

まさか、そこまで『弱いはずがない』という思い込みのために。

「やっぱり逃げられたんだと思うな。……どうしよう」

『かもな。ま、オレが出っぱなしじゃカルナの体力が消耗《しょうもう》しちまうし、戻っていいか？』

「うん。敵を見つけたらまた呼ぶね！」

『おう！　ま、油断すんなよ。じゃあな！』

快活に笑い合い、鬼火はカルナが開いたランタンへ吸い込まれる。

小さな明かりが灯り、炎の中でむにゃむにゃと眠る彼の寝顔が現れるのを確認すると、カルナは焼けた洞窟《どうくつ》の暑さに、蒸れた仮面を外して外気に当てた。

「ふうっ……。どうしよう、もうちょっと探してみようかな」

「その必要はないわよ、カルナ君？」

洞窟の入口、ぽっかりと開いたままのそこに靴音《くつおと》が響く。

「セシリアさん！　……ごめんなさい、逃げられちゃったみたいです」

しゅんと肩を落とすカルナを慰めるように、セシリアは歩み寄る。

その目は周囲を探り、完膚《かんぷ》なきまでに破壊され尽くしたダンジョンを確認して。

（【火之迦具槌】――力と炎の化身、旧神ヴォルヴァドスの禁呪《きんじゅ》。爆炎を顕現し拳にまとわせ、周囲一帯を焼き払う大技。伝承に聞いていたけど、本物を見たのは初めてだわ）

その威力に震えそうな肩を、魔王は気丈に押し込める。

もし色欲の魔王城、ラ＝ラルム地下大宮殿で使われていたらどうなっただろう？

（結界は破れ、最悪の場合一撃で本城まで陥落《かんらく》ね。効果範囲内に生きていられる者は……私以外、いないでしょう。強欲の魔将のように、魂すら跡形もなく消滅するはず）

突如飛び込んできた、この奇妙な人類の少年は。

(カルナ君。キミは……本当に、どれだけの力を秘めているの?)

桁違《けたちが》いの魔力、それを操る意志、従えた数々の神々に、ゾクゾクと体が震える。

どれひとつとっても魔王たるセシリアすら震えるほどだ。本来小銭のような金額で仲間になるなど、ありえない。彼がその気になっていれば、とうに自分は消し飛んでいる。

そう理解しながらも、セシリアは彼を恐れてはいない。

むしろあるのは、感激と感動。途方もない究極の芸を目《ま》の当たりにした好事家《こうずか》のように、あるいは求め続けた最高の宝を手にした冒険家のように、あるいは……。

「逃がしちゃうなんて、油断しちゃダメよ。カルナ君?」

「はい……」

真意を隠して、カルナの頭をそっと撫《な》でる。素直に従う少年のしゅんとした面持《おもも》ちに、これまで感じたことのない愛《いと》おしさが、ゾクゾクと背筋を駆け昇るのを感じた。

だが、まだ早い。セシリアは思う。まだ自分の思いを伝えるには、早すぎる。

「もう気にしなくていいわ。それよりも、はい。これ」

「えっ? なんですか、これ。綺麗《きれい》ですね、宝石みたいですけど……」

破壊されたダンジョンに足を踏み入れた時、セシリアは、とある魔術を用いていた。

ゾクゾクッ

この地に眠る地脈、いわゆる大地の魔力を吸い上げ、コントロールする魔法。

いわゆる迷宮製作者、ダンジョンメーカーと呼ばれる魔族や魔術師が用いる術である。

「ダンジョンの支配者の証《あかし》、コアよ。ボスが消滅したから簡単に手に入ったわ」

本来なら、ダンジョンが破壊された場合、その魔力は周囲の土地を潤し、癒《いや》す。

だが、それより早くセシリアが術をかけ直したため、魔力が戻るより早く支配者を変えることができたのだ。コアはその証、ダンジョンの制御装置であり、これの持ち主は自由に己の迷宮をデザインし、好きな形に組み直すことができる。

「あげるわ。これで、このダンジョンはあなたのものよ」

「わっ！」

コアを恐る恐る受け取ると、カルナは信じられないというように周囲を見た。

壊滅状態とはいえ、広々とした空間。山一つを占拠したダンジョン、人類領と魔族領の中間に位置する最前線にして重要地点だが、今は墓場のように静まり返っている。

「ここがキミの領地になるわ。自分の部屋だと思って好きにしてちょうだい」

「はい！　自分の部屋かあ……！　どんな風にしようかな？」

『こっからここまで、ぼくのー！』

『これこれ、わがまま言うでないわ。むほほ、温泉とかあればいいのう♪』

キラキラとした眼で周囲を眺めるカルナ、はしゃぐ亡霊達。

和《なご》やかなやりとりを遠目に眺めながら、セシリアは静かに微笑《ほほえ》んでいた。

＊

――《鬼岩窟》崩壊より数日後、王都冒険者ギルド。


「国境地帯のダンジョン《鬼岩窟》討伐《とうばつ》部隊が壊滅した、と？」

「はい。騎士隊長による緊急通報を受け、ギルドは討伐クエストを発行しました」

極秘任務を伝える特別カウンター。一般の窓口から離れた場所に通された三人組へと、老練なギルド職員は次々に情報を提示していく。

「こちらが実際に遭遇《そうぐう》した騎士隊長の証言書と、魔法で描かれた外観図です。子供ほどの体格ですが、恐ろしいまでの焔の魔法を操り、魔将を一撃で焼き殺したとか……！」

「余波だけで、討伐部隊は壊滅状態か。なるほど、これは強敵のようだね？」

「ええ……。恥ずかしながら、倒せる者がいるとしたら、それは人類の切り札である勇者、即《すなわ》ちノリス様以外に考えられません。どうか、ぜひよろしくお願いいたします！」

職員が深々と頭を下げ、カウンター前に立つ男は渡された書類に軽く目を通す。

禍々《まがまが》しい仮面を被《かぶ》った小柄な影。賞金額は一億ゴールド、場所は《鬼岩窟》跡と記され、その他の情報はほとんど不明のまま、空欄《くうらん》ばかりが並んでいた。

「居場所はこれで間違いないのかな。出向いたはいいがもぬけの殻《から》では困るんだけど？」

「恐らくは。ギリギリまで監視に残っていた部隊の報告によれば、ダンジョンの所有者は何者かに書き換えられ、新たなものに変わりつつあるようです。具体的な情報は……」

「まだない、か。今日合流する《彼女》が何か情報を得ているといいんだが」

不満げに言うと、その男……勇者ノリス・パラディウスは背後を振り向いた。

「強欲の魔王すら一撃で倒す炎の魔法使い。……強敵ね、面白そうじゃない？」

「ええ。私も蘇生《そせい》の奇跡を憶えた以上、ぜひ手ごたえのある敵に挑んでみたく思います」

バトルマスターと聖騎士。彼女達が『踏み台』と呼ぶ人物との道中で強力なモンスターを倒し続け、力を増した二人は、ここ最近は王都周辺において活躍を重ねていた。

とはいえ、小物ばかりだ。国境の警戒線を掻《か》い潜《くぐ》って潜入してくる亜人の略奪部族や、あちこちの森や山に湧いて出る自然のモンスター、ダンジョンを潰した程度に過ぎない。

手柄として大きいとはいえず、次代の勇者としては華々しい活躍が欲しい。

「そうだね。そろそろ大物に挑戦してみたいと思っていた時期でもあるし――」

自信に溢《あふ》れた笑顔。白い歯を輝かせ、パチッと音高く指を鳴らして。

「魔王討伐の前に、小手調べといこうじゃないか！」

この時、この笑顔を以《もっ》て。

人類の切り札、勇者の敗北は――確定した。

第四章　最強賢者の復讐譚

——地下迷宮《ダンジョン》とは、古《いにしえ》の神々へ捧ぐ神事。


そは世界の初め、人類の曙《あけぼの》。

人が鉄を鍛え、森を開いて大地に住まう術《すべ》を憶えた頃。

大陸を統《す》べしは大いなる竜。

文明が興《おこ》り、国が栄えんとする時に必ずや現れては人を喰らい、都を焼く暴力の化身。

人類は粗末な村以上の発展を許されず、魔物から身を守る城壁や、国々を繋《つな》ぐ道すらも築けぬまま、辺境に押し込められて惨《みじ》めに生かされるばかり。

ある時、人類の祈りが通じたか、あるいは恨みが届いたか。

天より《外なる神々》が降臨し、大陸を統べし竜を追い払い、文明を阻《はば》む干渉を止め。

枷《かせ》を外された人類は剣を鍛え、魔法を学び、自由に学術を発展させて国を興した。

――今日まで続く王国。《人類の領域》の始まりである。

《外なる神々》は救済の対価として信仰を求め、信徒に《天啓》という形でその英知と技術の一端を分け与えた。人々はこぞって神々に祈り、己が魂を捧げてゆく。

その儀礼のひとつこそ、今日まで続く《地下迷宮》の原形。

神々は大地の魔力を以て箱庭を作り、罠《わな》や魔物を試練として配する。忠実なる信徒達はそれに挑み、挑戦して魂を削り、迷宮の管理者たる神々は魔力としてそれを受け取った。

教会の伝える正統なる神が《外なる神々》を追放し、堕落《だらく》した神が魔王を生み、大陸を戦乱の坩堝《るつぼ》と化した今もなおそのシステムは残り、新たな迷宮を生み出している。

ひとつは自然に生まれる天然の迷宮。

大地の魔力が凝《こご》った地点に発生し、力ある魔物を主とする。放置しておけば大地が枯れ、山野の恵みも潰《つい》えることから、人々は犠牲を払ってもそれを破壊せんとする。

ひとつは魔族が要塞《ようさい》としての迷宮。

魂のエネルギー、魔力によって生きる魔族にとって畑や漁場に匹敵するもの。

大地の魔力で生み出した財宝を餌《えさ》に欲深な人間をおびき寄せ、戦い、震える魂から魔力を搾《しぼ》って《ダンジョンコア》に吸収、日々の糧《かて》となる魔力を得るのである。

しかし、その在り方は今や古く――激化した戦争の中、過激化した魔族は人類を襲撃し、戦死者の魂や奴隷《どれい》にした捕虜《ほりよ》から直接魔力を得る者が増えており。

そして今、古き在り方。

神に挑戦せし人類の神事たる迷宮が、人類領と魔族領の境界線。

最大の激戦区にて、復活しようとしていた。

*

「——【墓地創造《クリエイトグレイヴ》】」

くり貫かれた瓦礫《がれき》の山に術者の意思が浸透する。

兜《かぶと》を脱ぎ、幼い素顔を露わにしたカルナは手にした宝石を握り、大地と繋がる。

かつて《鬼岩窟《きがんくつ》》と呼ばれた場所、それを形作っていた魔力の流れは、文字通り少年の掌中《しようちゆう》にある。放置しておけば散ってしまうそれを、宝石——ダンジョンの設計図であり、制御装置を兼ねるダンジョンコアに流し込み、創造の魔法で形にするのだ。

大地の魔力、大陸そのものの命ともいえるエネルギー。

それは放置しておけば拡散し、草木を茂らせ、水脈を通し、石ころを価値ある鉱石へと変貌《へんぼう》させる。しかし今、その魔力は異なる形に整えられていく。

「これは……お墓、かしら。キミのお部屋を作っていいのよ？」

「死霊術系統の創造魔法って、こういうのだけなんですよね……」

目を見張るセシリアの前で、しめやかな香りが立ち昇る。

葬儀の折焚《た》かれる線香が香炉《こうろ》の中で静かに燃え、白い煙がふわりと舞う。

古の墳墓《ふんぼ》を思わせる形に土が盛り上がり、緑青の吹いた扉が固く閉じて内を閉ざす。

山の岩肌が変形し、削り出されて墓標となる。丸い墳墓を囲むように何百もの十字架が出現し、まるで数百年を経た遺跡のようなそれを守っていた。

「でも、見た目より雰囲気《ふんいき》が大切ですから。ねっ、みんな！」

『わ～～いっ♪』

カルナに憑《つ》いていた亡霊達が、薄靄《うすもや》に煙る空気をはしゃいで泳ぐ。

魚の群れのように飛び交う彼らの横をすり抜けて、カルナが扉を開くと。

「見てください、意外と居心地いいんですよ？」

外から見れば不気味な墳墓。だが中は意外にも適度に狭く、暖かく、暗い。

「今、明かりを点けますね。よいしょ、っと」

『んあ……？　くか～……すぴ～……』

炎の人魂ヴォルヴァドスがいびきをかいてぐっすりと眠るランプを腰から外し、置く。

するとあ赤みがかった光が溢《あふ》れ、周囲を柔らかく照らし出した。うっすらと影に浮かんでいた調度品《ちょうどひん》、どれも魔法で生み出されたアーティファクトの正体が露わになり、

「まあ！」

拝むように両掌を合わせ、セシリアが歓声をあげる。

「センスいいわね、キミ。うまく調度品の不気味さを殺さず、活《い》かしているわ」

「ありがとうございます！　えへへ……。褒めてもらったことがないので、嬉しいです」

「そう？　この棺《ひつぎ》の扱い方なんてユニークよ。これ、【真祖の棺】でしょう？　アンデッドモンスターを即時復活する効果のある伝説のアーティファクト」

魔法により場に出現させた物品、アーティファクトは存在する限り周囲に影響を与える。

部屋の片隅にある黒い棺は、吸血鬼の祖が編み出した極めて希少な術だ。

「不死怪物、アンデッドの特性として復活の早さがあります。死んでるから当たり前ですけど、基本は魂の再構築のみなので、魔力も少なく済むんですよね」

だが、高位の魔物となるとそうもいかない。弱い霊魂やゾンビの類《たぐい》ならそれこそ肉片を放置しておくだけでもいいが、上位の吸血鬼となれば魂の格は悪魔に匹敵するのだ。

「復活を早めるには美女の生き血とか生贄《いけにえ》が必要ですけど、この【真祖の棺】はそのものが触《しょく》媒《ばい》の役割を果たすので、すぐ復活させてくれるんですよね。寝心地もいいですし」

『懐かしいのう。むしろ寝心地がメインじゃったな？』

「うん、お爺《じい》ちゃんたちの家で教わった時は、すっごく感激したよね！」

ふよふよと浮いていたノーデンスが口を挟み、カルナが答える。永遠とも思える一瞬、天啓を得て潜ったお隣のダンジョン。亡霊達との出会いの場のことだった。

「それは面白そうね。ゆっくり聞かせてもらえるかしら？」

「はい。あ、そのクッションに座ってください、今何か飲み物でもお出ししますから」

「ありがとう。これはアーティファクト、いえ……魔物かしら？」

ぷにっ♪　と弾むような極上《ごくじょう》の感触。促されてセシリアがお尻を乗せたのは、ぷるぷると揺れるピンクの肉塊《にっかい》。どこかコミカルな顔が浮かび、彼女をうっそりと見上げていた。

「《ブラッドプリン》ですね。ゾンビ系のスライムモンスターで、食いついたら離れないしつこさとしぶとい生命力が売りです」

「知ってるわ。けど……あれはもっと血腥《ちなまぐさ》いものよね？」

「あっ、ご存じですか!?　そこに工夫《くふう》があるんですよ。召喚時に性質を操作して、臭《にお》いを抑えてクッション性を上げてみました。座り心地はいかがですか？」

「プニプニしてちょっとひんやり。とってもいい座り心地ね。気に入ったわ。ふふっ」

演技ではない楽し気な笑顔でセシリアは言い、弾んだクッションがポヨポヨと鳴いた。

そんな調子で、室内に置かれた調度品、クッションやベッド、テーブルにしてもすべて不気味な死霊術の財宝、あるいは魔物だ。だがここに生み出された物は、本来の性質をそのまま残しながら、どこか可愛《かわい》げのある形に存在を再構築されている。

(古《いにしえ》の吸血鬼、その祖たるものの棺まで編み直すなんて。それにこのクッションもそう。外見もさることながら、モンスターの性質まで調整しているわ)

はしゃいだ笑顔で説明するカルナに聞き入りながら、セシリアは思考する。

(それはつまり、魔法を完全に知り尽くし、使いこなしている証《あかし》。生まれつきの魔力頼りじゃない、知識として、技術として、完全に理解している……!)

技術とは基礎の上に進歩し、発展し、応用されるもの。

それは魔法においても変わりない。

カルナはそうした基本を熟知しており、故に自分のセンスで作り替えている。伝説のアーティファクトを日用品扱いするあたり、普通の魔術師が見れば腰を抜かすだろうが。

「お爺ちゃんちの攻略中、荷物は何も持ち込めませんでしたから。お腹は空かない、年も取らないって言われても、やっぱり寝床やご飯がないと辛《つら》いですし」

「だからアレンジに慣れているのね。とてもいい部屋だわ。けど……」

そこまで言うと、セシリアはねだるように手を出して。

「少しだけ弄《いじ》っていいかしら。ダンジョンコアを貸してくれる？」

「はい、いいですけど……何をするんですか？」

「キミがいなくなったら、身の回りの世話をしてくれる人がいなくなってしまうでしょ？　だから、直通ルートを作っておくのよ」

小さな宝石、ダンジョンコア。文字通りこの地下迷宮の管理権限を実体化させたもので、形ある魔法の法則そのものといっていい。手にした者は直感的に迷宮を作り替えることができるようになるが、出現する施設の能力や形には術者のセンスが問われる。

「――【転移門《ゲート》】」

尖った獣のような耳をピンと立て、セシリアが魔法を構築する。

ダンジョンに新たな法則が追加され、床の一部が石畳《いしだたみ》のように変わると、青い光が渦《うず》を巻きながら出現した。

「テレポートの魔法を土地に刻むなんて……！　行き先は、もしかして」

「ええ、色欲の魔王城……ラ＝ラルム地下大宮殿の、私の部屋よ」

「そんな。僕、セシリアさんの部屋に入り放題になっちゃいますよ。いいんですか!?」

子供らしい照れと焦りを含んだ声に、セシリアはクスクスと笑みをこぼす。

「もちろん。信じてるわよ、カルナ君♪ ──それとも、何かスルつもり？」

「しないですよ！ もう、からかわないでください！」

ほのかに赤くなって照れるカルナ。ミステリアスな年上の魅力に照れたのが半分、だが内心では彼女が何気なく使った魔法、その熟達ぶりと精度に感心している。

（魔王城とここ。同じダンジョンとはいえ、ゲートを開くなんて超高度な魔法だ。ただの優しいお姉さんみたいな気がしてたけど、やっぱり……）

土地と土地の魔力を媒介《ばいかい》に遠隔地を繋《つな》ぎ、瞬時に移動できるように調整する転移魔法は、特に難易度の高い魔法である。それを触媒や儀式の準備もなく、一瞬で終わらせるなど。

やはり、魔王。そう呼ばれるにふさわしい実力者だ。

「はい、コアを返すわね。これがあれば、ここでは創造魔法が使い放題だから。迷路でもお城でも自由に作ってちょうだい」

（──魔王でも、綺麗《きれい》だ）

くるりと振り向いた笑顔に、思わずカルナは見惚《みと》れてしまう。

単に顔が美しいだけなら、こんな気持ちになることはないだろう。美しいもの、醜《みにく》いもの、さまざまなものを見てきた少年が、この魔王を称する美女の笑みにときめく理由は。

（楽しそうだから、かな。……まるで、普通の女の子みたいな）

小説の中でしか知らなかった。田舎《いなか》住まいで街から遠く、幼馴染《おさななじみ》どころか友達もいない。ようやく成人を迎え、外の世界に出て、思い知らされたのは世間の厳しさばかり。

そんなカルナにとって、セシリアの笑顔は。たとえ魔王であろうとも。

まるで初めてできた女友達に、遊びに誘われているような──そんな、自然な喜びで。

「はい。……任せてください。絶対、誰にも渡しませんから！」

「うんうん、その意気よ。注意してね、コアを破壊されると、ダンジョンの維持に使っている魔力が解放されて、土地に還《かえ》ってしまうから」

そうなれば、溢《あふ》れた魔力は大地に還元される。涸《か》れた川に水脈が戻り、罅《ひび》割《わ》れ枯れた土は実り豊かな農地となって、石くれだらけの山は鉱山となるのだ。

「稀《まれ》に土地の実りよりダンジョンがもたらす財宝が惜しくて、そのまま維持することもあるみたいだけど……ここは人類の最前線、まず破壊を狙うでしょうね」

「そういえば、迷宮都市って聞いたことがあります。そういう事情だったんですね？」

「ええ。そういう迷宮の管理者は、実質人類側の捕虜みたいなものよ。魔力は与えられるけど、閉じ込められて生殺与奪《せいさつよだつ》を握られてる状態だもの」

だが、土地から奪える魔力は最低限のものだ。

ただ存在するだけではダンジョンを維持することはできても、本来の役割——魔族の存在維持のための供給源、人類から魔力を奪うことはできない。

「おかしな話になっちゃうけど、まったく敵が攻めてこないのも問題なのよ。敵が来ない、忘れられたダンジョンは虚《むな》しいものよ？　ほら、私のお城があったところみたいに」

「あ、そういえば……」

ため息混じりのセシリアに、カルナはふと思い返す。

地下大宮殿に繋がっていた地竜の住処《すみか》。あそこは最寄りの街からはかなり遠かったが、一応は人類の領域であり、クエストで指定されれば簡単に行き来できる位置にある。

「けど、あそこはダンジョンじゃないですよね？　管理者の痕跡がありませんでしたし」

「一度攻略されて廃棄された元ダンジョンよ。土地の魔力そのものが弱くて、解放しても人が住むには厳しい土地だったから、そのままになっていたのよ」

そんな空《から》っぽの土地でも、それなりの魔力はある。それを目当てに地竜が棲《す》み着いたが、周囲には襲われるような住民や奪うような資源もないために、討伐《とうばつ》されなかったのだ。

一応危険で貴重な竜の生息地だけに、魔術師ギルドなどが素材目当てに討伐クエストを発行したものの、特に周囲に被害もなく、財宝を貯め込んでいるわけでもなく……。

「討伐するメリットがほとんどなかったせいね。ずっと放置されて今に至るわ」

「僕、そんなのを受けてきたんですね……。薄々察してはいましたけど」

誰も教えてくれなかった。ギルドで聞いても答えてくれなかったあたり。

とことん、期待されていなかったのだろう。

「ここは……捨てられ、忘れられた土地。だったんですね」

「ええ。そこへ代替わりした私が転移魔法で魔王城を繋いだの。けど……」

土地の魔力とは繋いでいないのだ、とセシリアはぽそりと語った。

「そうすると、地脈が変わってしまうわ。普通は判らないけど、土地に根差す魔法使いには察知される。魔王城があるのに周囲をダンジョン化しなかったのは、そのためよ」

地脈と繋がない限り、その存在を知る術《すべ》は直接調べる以外存在しない。

だが大宮殿は強大な結界で守られ、かりそめの主である地竜すら突破できなかった。

特に協定などを結んだわけではないが、自然と互いに不干渉となり……。

「ずっとそのままだった、ということね。一応、転移を繋いですぐ対話は持ち掛けたけど、あの竜はひどく頑固で聞いてくれなかったから」

結果、魔王城の秘密は守られたまま。

カルナが結界を破るまで知られなかったのだ、とセシリアは言う。

「けど、それじゃあ魔王城を維持する魔力はどこから？」

地脈に繋いでいない以上、必要なコストはすべて術者が負担する。

しかもラ＝ラルム地下大宮殿は、人類の小国以上の規模を持つ。しかもカルナが見た限りでは、隅々まで清潔で、建物も整備が行き届き、罅割れひとつ見当たらなかった。

魔力枯渇《こかつ》の気配などまったくない。それをすべてセシリアが支えているとなれば、それこそ国を丸ごとひとりで背負っているのに等しい。

「あら。そんなこと気にしなくてもいいのよ。こう見えてもやりくり上手なんだから」

笑みを絶やさず、苦労を一切感じさせぬまま、セシリアはカルナの髪を撫《な》でる。

「カルナ君は好きにしていいの。魔力を供給してもらえれば助かるけど、つまらない遠慮《えんりょ》はいらないわ。自由にダンジョンを作ってみてちょうだい」

「自由に……！」

戸惑うようにカルナは手にしたコアを見下ろした。

冷たい宝石の手触りは、まさに彼女の信頼の証《あかし》。魔王が託してくれたもの、勇者は一度も与えてくれなかった、金貨より大切なものだった。

「……わかりました。セシリアさんのためにも、頑張ります！」

『その意気じゃ。ではさっそく取り掛かるとするかの、難攻不落の迷宮を作るぞい！』

「うん。みんな、手伝ってくれる？」

『わ〜〜〜っ♪』

ノーデンスの進言に従い、カルナが声をかける。

すると亡霊達が歓声をあげて飛び回り、墓所じみた不気味な部屋に明るい活気が弾ける。

一歩退きながら、亡霊と術者の盛り上がりを眺め――魔王は静かに見守るのだった。

＊

ジールアーナ地方国境地帯、旧《鬼岩窟》近くの荒野。

「――【聖光斬《ホーリースラッシュ》】！」

勇者が放った聖なる光の白刃が、屈強な鬼を真っ向から叩き切る。

人喰鬼《グール》、オーガの群れ。人類の領域に攻め込み、荒らし回っている強欲の魔王の尖兵《せんぺい》は、仲間の死に怯《ひる》みながらも粗末な武器を掲げ、勇者一行へ襲いかかる。

「はあああああああああっ!!」

迎え撃つは、女バトルマスター。武芸百般、あらゆる武器に適性を持ちながら、格闘技を選び熟達した彼女の技は、十倍近い体重とパワーの差をひっくり返して余りある。

「ハイハイハイハイハイハイッ!!　……てっ!!」

「げぼぁッ……!?」

拳と蹴りの乱打がオーガを滅多《めった》打《う》ちにし、骨ごと分厚い筋肉を潰す。

しかしタフネスで知られる怪物は数十の連打を受けてなお死なず、立ち続ける。

「このおっ!!　しぶといってのよ、早く死ねっ!!」

一匹が打ちのめされ、倒れるまでの一分足らず。

別のオーガが回り込み、茂みを突っ切って勇者を狙う。大剣を振り切った直後、魔力を放出し切った硬直の隙を衝《つ》き、巨大な棍棒《こんぼう》が振り下ろされた、その時！

「危ない、勇者様！　……くうっ!!」

鋼《はがね》の大盾が割り込むと、野蛮《やばん》な暴力を真正面から防ぎ切る。

オーガが全力をこめた棍棒の一撃、人類の破城鎚《はじょうつい》並みの豪打に打ち勝った女聖騎士に、守られた形の勇者は労《ねぎら》うように叫んだ。

「ありがとう、助かった！　よくも、彼女に傷を……お返しだ!!」

「グ……グゲッ!?」

魔力放出の隙を脱した勇者が再び構え、輝く刃を振り上げる。

打撃を弾かれ、体勢を崩したオーガに避ける術はない。

熱いナイフがバターを切るように、聖なる剣が筋肉と骨を両断し、返り血すらも浄化して輝ける身にわずかな穢《けが》れも残さなかった。

「終わりね。まったく、しぶといんだから……！　ちゃっちゃと死になさいよね！」

ズン、と地響きがふたつ連鎖する。

バトルマスターが殴《なぐ》り倒した一匹、そして勇者が新たに倒した一匹が共に倒れ、鮮血が地面に染みを作る。荒野を見渡す限り新手の影はなく、ひとつの戦いが終わった。

が、当事者達に笑顔はない。それどころか不満に満ちた顔を見合わせ、

「何ヘタッてんのよ、か弱いアピールのつもり？　勇者様の盾になるのが仕事のくせに、たった一発で終わりとか、情けないわね。あの気持ち悪い子供以下じゃない！」

「！　……あ、あなたこそ！　勇者様がただの一撃で倒すオーガを、なんですか。あんなにバタバタ攻撃を続けないと倒せないなんて、修行が足りないのではありませんか？」

「は？　言ってくれんじゃない、偉そうに！　何様のつもりよ、高慢ちき女！」

これが長い付き合いのパーティーなら、戦闘後の興奮を鎮める軽口の類《たぐい》だろう。

だが口々に言い争うのは、年若い娘二人だ。互いの罵声《ばせい》が互いを煽《あお》り、冷めるどころか炎となる。棘《とげ》のように突き刺さる険悪な空気の中、息を整えた勇者が口を挟んだ。

「ははは、まあまあ。勝ったんだからいいじゃないか」

空気を読まない喋《しゃべ》り。だが、それだけで終わるはずもない。

「オーガ本来の生息地はカルカザーン、国境を越えた魔王領側だ。そこから離れたここ、人類側に群れがいる。しかも軍隊じゃない、たった三匹の群れでだ」

それが意味するところは、ひとつ。

「どうやら、強欲の魔王の拠点、《鬼岩窟》が他の魔王に奪われたって話は、事実かな」

「……そう、ですね。恐らくダンジョンの警備をしていた者達でしょうから」

「逃亡兵ってワケ？　負け犬なら、なら手ごたえがないのも当然ね！」

「そういうことさ。ま、裏が取れたってことで、いいじゃないか」

そう勇者が場を締めると、不意に新たな声が割って入った。

「それは、私の情報が信用できないということか？　勇者サマ」

黒豹《くろひょう》のような女だった。

艶《つや》やかな黒髪、片目を隠すように伸ばした特徴的な髪形。

しなやかな肢体《したい》を革防具に包み、短剣を装備した軽戦士の装束《しょうぞく》。遮蔽《しゃへい》のない荒野の片隅に立ちながら、存在感を殺したその佇《たたず》まいは影のように静かだ。

「当然よ。アンタの情報で仲間にしたアイツが使えなさすぎたの、もう忘れた？」

「……【賢者】で【死霊術】の【金印持ち】《ギフテッド》だぞ？　攻守ともに優れた後衛戦力だ」

バトルマスターの当て擦《こす》りに、彼女──女暗殺者《アサシン》は理《ことわり》で答える。

「パーティーに足りない後衛戦力を埋められる、そう判断したんだがな。今年《天啓》を得た金印持ちでは最上の選択だった。少なくとも、書類で判断するならだが」

結成間もない勇者パーティーには、戦力が足りていない。

聖騎士は教会と有力貴族。バトルマスターは王都の大商会。

それぞれが血縁の後押しを受け、次世代における勇者ノリス・パラディウスの傍近く、そこから妻や愛人となって権勢を得ることまで折り込んで送り込まれている。

(面倒な政治の色がついていない庶民《しょみん》で、若く優れた後衛──魔法使いを仲間に入れろ。冒険者ギルドの要請だったが、大失敗か。まったく……!)

勇者は人類の切り札であり、最終的には王国の中枢《ちゅうすう》にも関わるものだ。

そこにあまり極端な政治の色がつくことは望ましくない。そこで契約によって従う傭兵《ようへい》、暗殺者である彼女が選ばれ、他の仲間も野心や背景の薄い人物が求められた。

選ばれたのがカルナ・ネクロモーゼ。賢者にして死霊術師。穢《けが》れた魔術を使うとされ、教会とは対立する加護だけに反発は予想されたが、まさか。

(……バトルマスターや勇者ノリス本人まで、追放に同意するとは思わなかった。カルナという人物によほど問題があったのか、そうでなければ……)

シンプルに、『勇者』と仲間達の側に問題があるのか。

「戦力になれば手段はどうでもいいのですか!?　穢れたアンデッドを使うとわかっていたら、仲間入りに賛成などしませんでした！」

「むしろ【死霊術】で他に何を使うと思ってたんだ……世間知らずめ」

どう考えても後者としか思えず、アサシンは軽い頭痛を覚えた。

各地の魔王軍との戦争状況や、勇者による討伐《とうばつ》が必要な魔物の調査で合流が一か月遅れ、勇者達との顔合わせもそこそこだ。まだほとんど彼らの性格や個性は把握《はあく》できていない。

「あんたは知らないだろうが、そんな風にガチガチなのは王都教会の僧侶《そうりょ》や聖騎士だけだ。前線で戦うなら、その手の『穢れた』魔法も裏技として黙認している」

「堕落《だらく》です。そのようなことでは勇者様の栄光、伝説が穢れるではありませんか。確かに、あの穢れた悪魔の子との道中は安全でしたが、それは邪悪に魂を売った恩恵です！」

「……そこまで言うか。教条主義者め」

前線で戦う冒険者にとって、教会が言う『穢れた魔法使い』もただの戦力だ。

否定して排斥《はいせき》する余裕などない。手段を選ぶ余裕など人類にはないのに、後方の教会や王都教会の坊主《ぼうず》ほど、声高に理想を叫んで排斥したがる。

（これ以上は無駄だな。この女にとって、自分は絶対に『正しい』）

生まれ育った環境、教育からそれが『常識』として刷《す》り込まれているのだ。それを覆《くつがえ》すほどの信用がアサシンにない以上、どれほど言葉を尽くしても説得できる気がしない。

「あんたもあんただ、ノリス。せめて私が戻るまで仲間をなだめておけなかったのか？」

「俺としても、戦力として彼は申し分なかったんだが」

いかにも困っている、と言いたげな顔でノリスは言う。

「だが、勇者である俺を立てるという最低限の礼儀すらないのはまずいだろう？　これは高度な政治的問題なんだ、理解してほしいな」

（……何が政治だ、目立ちたがりのお坊ちゃんが！）

カルナの実力について、女アサシンは伝聞でしか聞いていない。

だがそれでも、バトルマスターが必死に殴《なぐ》り、勇者ですら隙の大きい強力な技を放ってようやく倒すオーガを一蹴し、ゾンビの群れを瞬時に召喚できる実力者だ。

戦力としての評価は非常に高い。事実、一か月も彼を連れ回して力をつけておきながら、はした金を与えただけで放り出すなど、控えめにいっても冒険者の常識から外れている。

（確かノリスは王都の軍事貴族出身だったな。冒険者として各地の討伐をこなし、実績を得て箔《はく》をつけたら騎士団入り。そんな流れだとしたら……）

いわばエリートコース、人類の英雄そのもの。

せせこましい冒険者のルールなど知らないのだろう。現場を知らない教育係の手落ち、そうとしか彼女には思えなかったが……。

（ノリス・パラディウス。上級職【勇者】の天啓と、すべての能力を強化する【英雄化】の才能を持つ。ノリス・パラディウス。将来有望な新勇者、と聞いていたが……思った以上のハズレだな）

張り付いた笑顔の裏にあるのは、この場を取り繕《つくろ》おうとするその場しのぎ。

本心から悪いなどとは欠片《かけら》も思っていない。聖騎士と同類、自分の正しさを信じている。少なくともアサシンにとって、『勇者』ノリスはそういう人物としか思えなかった。

（あげく、情報集めで私が離脱しているうちにせっかくの有能株を逃がすとか……。勇者の仲間になったはずなのに、なんで子守りみたいなマネを）

密かなため息に隠して、アサシンの胸中を疑問が渦巻《うずま》く。

（こいつの親や教育係は何をしてたんだ？　外面を取り繕うことだけはうまいが、消耗《しょうもう》の激しい大技をぶっぱなす以外戦いの組み立ても世間のセオリーも知らない。こんな小僧が勇者として認定されるなぞ、これまではありえなかったぞ。……まさか）

が――疑問《ソレ》が形になるより早く。

「けど、後衛が必要なのは確かよね？　あんな気持ち悪い子供より、もっと優秀な賢者を雇いましょうよ、ノリス。支援魔法が得意なのがいいわ」

「そうだな。優秀な前衛が多いこのパーティーの持ち味を生かすならそれがいいだろう。依頼を片付けしだい、ギルドに紹介するよう頼んでおくか」

「多くは望みません。敬虔《けいけん》な教会の信徒で穢れた魔法を使わず――かつ、勇者様を立てる高貴な家柄の女性なら最善ですね。勇者様のお疲れを癒《いや》せるような……ふふふ♪」

「おいおい、はっはっは。……いけないいな。彼女に、聞こえるよ？」

（意味ありげに見るな、気色悪い！）

ノリスの流すような視線に、ぞぞっとアサシンの背筋に悪寒《おかん》が走る。

勇者と取り巻きの女たち。そういう形での繋《つな》がりを、この三人は隠そうともしない。

優秀な傭兵や冒険者がいる中で、アサシン自身が選ばれた理由も想像がつく。

恐らくはその美貌《びぼう》が勇者の好みに合ったからだろう。結局のところアクセサリー、自分を取り巻き飾り付ける女の仲間以外、ノリスは必要としていないのだ。

（金払いのいい雇い主だが。……巻き込まれる前に、さっさと離脱すべきだな）

小僧と小娘の恋愛ゲームになど、つきあっていられない。

「それで、次のダンジョンはどんなところなの？　早く教えなさいよ」

そんな本音を隠した彼女に、バトルマスターが問いかける。が、

「無断で今回の依頼を引き受けたのはそっちだろう。生憎《あいにく》だが、情報はない」

「まあ、そんな。いつものようにサッと調べてこなかったのですか？」

いかにも怠慢《たいまん》を咎《とが》めるように聖騎士が続く。

「合流したとたんにダンジョンを攻略する、などといきなり言われてつきあっているだけマシだと思ってもらいたい。そもそも、持ち主が代わった時点で前の情報は役立たずだ」

ダンジョンとしての《鬼岩窟》は、ダンジョンというよりほぼ砦《とりで》だ。

凝《こ》った構造やギミックの類《たぐい》は存在せず、ただひたすら強力なオーガを詰め込んでいる。故に冒険者ではなく軍が討伐せんと動き、横槍を受けて壊滅したのだが。

「代替わりした、指名手配中の魔族——謎の仮面を被《かぶ》った焔使《ほのおづか》いだという話だが、それが恐らく完全に構造を作り替えているはずだ。対策は一応用意したがな」

事前の情報から、炎系に特化した魔術師。

オーガロードを一撃で焼き殺し、ダンジョンを丸ごと破壊するレベルの大火力持ちだ。

単なる力押しならいいが、魔術師型の魔族ならば罠《わな》や仕掛けも警戒すべきで——。

「私の《天啓》は応用範囲が広い方だが、多方面にそこそこ役立つだけでコストもかかる。あくまでサポート程度と思ってくれ。むしろ守りの要《かなめ》は聖騎士だろう？」

「ええ、それは当然です。この身を盾とし勇者を守るは、誉《ほま》れですから！」

「……ああ、そうだな。是非《ぜひ》そうしてくれ」

うっとりと祈るように言う聖騎士から目を逸《そ》らす。

アサシンが主に用意した【対策】は火炎系、そして罠やギミックへの対処だ。

彼女の装備は特別製で、体のラインに紛《まぎ》れる形でいくつもの隠しポケットが用意され、いくつもの【切り札】を納めているが、その重みがひどく頼りない。

「事前の情報なしでダンジョンに挑むとか、自殺行為だぞ。初見突破などと欲をかかず、様子を見たら撤退すべきだ。敵に合わせた対策なしでは勝てるものも勝てん」

「何よ。ノリスの作戦に文句でもあるの？　やっぱり生意気ね、アンタ！」

バトルマスターが子供っぽい怒りを露わにして食ってかかる。そんな仕草は年相応で、未熟な少女なのだろうとアサシンにも思わせた、が。

「ははは、そう責めないでくれ。彼女はよくやっているさ」

「当然だ。責められてたまるか」

場に割り込んできた勇者に向けて、アサシンは冷たく言う。

「現実を見ないヤツは死ぬぞ。たとえ勇者でも、死ぬときは死ぬ。蘇生《そせい》魔術を覚えても、使い手が死ねば意味がない。早め早めの脱出を心掛けてくれ、勇者様？」

「ほんっと生意気ね、アンタ。ま、その魔族とやらもちょっとはやるみたいだけど！」

自信満々のバトルマスター。口にはしないが、他の二人も同意しているのだろう。特に異議を唱えるでもなく、自信ありげに視線を彼方《かなた》へと向ける。

「私達も強くなったんだから。叩き潰してあげるわよ、そんなザコ！」

「ああ、ここ最近のレベル上げの成果を見るにはいいチャンスだ。……行くぞ！」

話ながらも歩き続けた道の先、戦いの痕跡を残す焼けた廃墟が見える。

そこから続く長い山道を抜けた先、峻険《しゅんけん》な岩山の頂《いただき》に――。

「――これが、ダンジョン？」

錆《さ》びたゴシックの鉄柵《てっさく》が囲む陰惨《いんさん》な墓地。

朽《く》ちた香炉《こうろ》から鎮魂の香が霧のように煙り、さまざまな形の墓標を浮き上がらせる。

数え切れない墓標の列。踏みしめた土はグジュリと沈み、不快な粘りを靴底《くつぞこ》に残す――

「……気持ち悪っ!!　何よこれ、墓地じゃないの！」

「計算が狂ったな。火炎系の術者かと思えば、この形は……死霊術師か？」

ダンジョンには主の影が映る、という。長年魔族と争ってきた人類の経験則のひとつだ。

迷宮の管理者となった魔族は創造魔法を駆使して形を作るが、そこには術者の得意な術、個性が現れる。《鬼岩窟》なら単純明快、力押し専門の砦。炎に熟達した術者なら火山の洞窟《どうくつ》や炎の坩堝《るつぼ》。そしてこの墓地は、死霊術の使い手がよく使うもの……！

「敵は穢《けが》れた魔術師ですか。お任せください、神の威光ですべて祓《はら》ってみせます！」

「そうそう。勇者ノリスの伝説がここから始まるのよ！」

「伝説、伝説か……フフッ、悪くないな。ならば邪悪な魔術師を倒しに、いざ行かん！」

堂々と語りながら墓地へ足を踏み入れる三人。

泥に浮かぶように敷かれた石畳《いしだたみ》を辿《たど》って進むと、大掛かりな地下への入口があった。

「……先行する。せめて、罠だけは警戒させてくれ」

「あら、いい心がけじゃない。頑張ってね」

覗《のぞ》き込んだ先は、思った以上に広々としていた。地下とは思えない高い天井、並ぶ墓標。ぐじゅりと靴底で沈む腐った泥の感触は、これまで歩いてきた墓地のそれと変わりない。

「この墓石が壁代わり、というわけか。乗り越えるのは難しそうだな」

ダンジョンの壁は、いかに脆《もろ》く見えても簡単に壊れるものではない。強い守護の魔法がかかっており、そうでなければ落盤や破壊が怖くて強力な魔法など使えないからだ。

そして、管理者が想定したルートを外れて進む行為……壁を壊したりすり抜けたり、という行動も多くは制限されている。それを掻《か》い潜《くぐ》って安全な道を探すのも冒険者の知恵だ。

「細かく抜け道を探したいところだが……」

「そんな時間はない。ひとまず道なりに進もうじゃないか！」

「……了解。勇者様」

指示を受け、腐った泥と墓標の中をアサシンが進む。仲間がそれに続くが——

彼らは気づかない。魔法によって生み出された墓地に漂う濃密な《死》の気配、香の煙に紛れて、コミカルな笑顔を浮かべた亡霊がふわふわと浮いていることに。


『——しんにゅうしゃ、はっけん！』

＊

墓地に侵入した勇者一行を真っ先に襲ったのは、墓標から這《は》い出るゾンビの群れだった。

その数、数十体。すべてが旧《鬼岩窟》に挑み敗れた騎士や兵士たちの成れの果てだ。錆びた鎧《よろい》、噛《か》み千切《ちぎ》られた傷痕も生々しい屍《しかばね》は、大地に残った怨念《おんねん》をもとに墓場の土くれから再構築されたもので、斬り伏せればグシャリと潰れて地に還《かえ》る、脆《もろ》く儚《はかな》い怪物で。

「よりによってゾンビ！　いやっ、汚い!!　早く倒しなさいよ!!」

「それはお前の仕事だろうが!?　……ええいっ!!」

「くっ……僕がやる！」

腐った土で創られた偽物とはいえ、動く死体の醜《みにく》さに怯《ひる》むバトルマスター。

頼りにならない前衛に業《ごう》を煮やし、女アサシンが前に出る。が、彼女を押しのけるようにきらめく鎧をまとった勇者が進み出ると、剣をかざして斬りかかる。

「ハッ!! フッ、手ごたえのない。やはり雑魚《ざこ》ばかりのようだな！」

「油断するな、足元!!」

「なにっ!? ……わあああっ!!」

斬り飛ばされたゾンビの腕がもぞもぞと動き、勇者の靴を血塗られた指でひっかく。

おぞましさにうろたえながらも激しく踏みつけ、何度も強く蹴り飛ばす。斬られてなおゾンビは動き続け、千切れた一片すらも生者へ襲い掛かろうとしていた。

「ここは《墓地《グレイヴ》》——死霊術師がよく使う、アンデッドを強化する地形の一種だ。完全に浄化しないかぎり、倒しても倒しても復活するぞ！」

「ええい、面倒な……！　聖剣でもダメだというのか!?」

「いや、ダメージは増えているぞ。破壊されたあと復活するだけだ」

勇者の聖剣や特技の属性は光、神聖なる力だ。

邪悪を祓う力でアンデッドや魔界の生物に対して強大な威力を発揮するが、破壊されたモンスターが地形効果で蘇生するのは止められない。

「ええい、きりがないっ！　気持ち悪い！　魔法で浄化してくれ！」

「はい。《死霊退さ……きゃっ⁉」

『きゃははははは♪　たーのしー♪』

勇者の指示に従い、聖騎士が死者を消し去る光の魔法を唱え始める。

だがその詠唱《えいしょう》が完成する前。その清らかな衣の中に亡霊が突っ込み、スカートを盛大にはだけて下着を露わにしながら、ケタケタと嘲《あざけ》るように姿を消した。

「くっ、亡霊まで……！　敵に回るとこんなに厄介《やっかい》だとは！」

「許せません、いやらしい‼　――《死霊退散《ターンアンデッド》》‼」

『きゃ～～～っ！』

立ち込める靄《もや》と煙に紛れて姿を消した死霊めがけ、聖騎士の放った光が襲う。

太陽にも似た白い輝きは邪悪を消し飛ばし、広い範囲を浄化する。腐った土が浄められ、潜んでいたゾンビがあぶり出されるようにのたうち、亡霊が慌てて逃げ散っていく。

「あ、あら？　消えない？　どうして……きゃあっ‼」

『おっかえし～～！　きゃははは！』

一度は退散した亡霊達が、一斉に聖騎士へ襲いかかった。

神聖な加護を持つ防具にこそ触れられないが、素肌をあちこちペタペタと触り、荷物をくくった紐をほどいたり、臭《くさ》い泥をすくって貴族的な貌《かお》にひっかける。

「何をしてる、魔法は君の担当だろう!? これは戦いだ、ふざけてる場合じゃないぞ！」

「も、申し訳ありません、勇者様！」

「そっちもだ！ もっと前に出て戦ってくれないと困る！」

「ご、ごめん。ノリス……！」

ゾンビを斬り倒し、腐った汁を浴びながら叫ぶノリス。

叱《しか》られた聖騎士とバトルマスターは揃って肩を落とし、涙目になりながら戦おうとする。が、どちらも腰が引けていて、動揺《どうよう》しているのは、目に見えて明らかだった。

「……ダメだな、これは」

女アサシンが呟《つぶや》く。

彼女は本職の魔法使いではない、だがその《天啓》から、魔法の働きについては詳しい。

問答無用でアンデッドを消し去る退魔呪文は、決まれば相手を一撃で消滅させる。が、アンデッドの主の魔力が退魔呪文の使い手を上回った場合、まったく効果がないのだ。

つまり、聖騎士の実力がこのダンジョンの主に劣るということ。そして――。

「……ただの《墓地》ではないと思ったが。この香り、オリジナルの地形か」

死霊術で生み出される地形効果、《墓地》は弱いアンデッドに蘇生を付与するものだ。

しかし、それだけではない。術者、迷宮の主が独自のアレンジを加え、濃密な死の気配と焚《た》かれた香木の煙によって感覚を惑わし、こちらの索敵を封じている。

「視界を遮《さえぎ》られ、鼻も利《き》かない。ただでさえ姿が見えない亡霊がこれに紛れては、高位の索敵魔法でも使わないと敵を捉えるのは難しい。……古《いにしえ》の創造魔法、か！」

古き神々が大陸を統《す》べた時代。ダンジョンの原型となる《神々の試練》と呼ばれるものが存在し、人々は生贄《いけにえ》としてそれに挑まされ、散ってその魂を邪神に捧げたという。

その時代のダンジョン、古き神々が使ったという古代の創造魔法は、近代の魔術師達が求めてやまない遺失呪文だ。ただの入口に過ぎない場所に、そんな秘法が使われている。

「こちらにも死霊術使いがいれば、霊体を直接攻撃する魔法が使えたが……今の装備では厳しいぞ。ノリス、撤退を。相手が格上だと解った以上、それが定石だ」

「！　それってつまり、アタシ達があの気持ち悪いチビ以下だって言ってるワケ!?」

「そんなつもりはない。なんでそうなる……」

勇者を振り返って言うアサシンに、バトルマスターが噛みつく。

うんざりと答える彼女に対し、勇者ノリスは強く聖剣を握り直した。

「そこまで侮《あなど》られたのでは、少々心外だな。――はあああああっ！」

『……!?』

聖剣が輝く。ノリス自身の魔力を流し込まれ、邪悪を滅する聖なる光が強まったのだ。

その威光の前に下位のアンデッドは怯み、肉は焦げて土へと還ってゆく。ゾンビは墓穴に戻り、亡霊は悔し気にわちゃわちゃと泣いて、霧の中へと逃げていった。

「やった、さすがノリス！　アタシの勇者よね！」

「あなたの勇者だなんて、ずるい！　ですが、本当に助かりました。……ありがとう」

「はっはっはっ、どうだ！　本気になればこっちのものさ！」

バトルマスターと聖騎士が右と左にくっついて、口々に勇者に感謝を囁《ささや》く。

剣を構えたまま柔らかな体に挟まれながら、ノリスはニコッとアサシンに微笑《ほほえ》みかける。

「……その聖剣の光だが、魔力は消耗《しょうもう》するのか？」

「それなりにね。とはいえ簡単にバテはしないさ」

「だとして、いつまで保つ？　一時間か、二時間か。半日以上大丈夫なのか？」

優れた魔族との戦いは手札のめくり合いである、という。

魔王軍と長らく戦ったさる将軍が書き残した兵法書の一節だ。魔族は人類と同等、あるいはそれ以上の知恵をもつ。故にこちらの手札は隠し、敵の手札を使わせ対処する。

しのぎ切り、敵に防ぐ手立てがなくなった時こそ一気に攻めて削り切る。それが攻略、ダンジョン破壊の秘訣《ひけつ》であり、ベテラン冒険者達が伝える定石だった。

「試したことはないが……そうだな、三時間くらいは平気だと思う」

「全部の魔力を使い切って三時間だな？　途中で戦闘が挟まって、技や魔法を使えばより消耗は激しくなる。下級アンデッドの対策、序盤の序盤で手札を切らされた」

この《墓地》においてゾンビやゴーストは蘇生が効く、『めくられてもいい札』だ。

つまり敵、見えざる迷宮の主の手札は減らせぬまま、こちらは一方的に消耗している。

「悪い流れだ。逃げるぞ」

「は？　何言ってるのよ、まだ来たばかりじゃない！」

「だから言ってるんだ。今なら無傷で脱出できる」

相手の術中にハマっている以上、そのまま押し通せば被害を大きくするだけだ。

一度仕切り直し、対策を整えて立ち向かう――アサシンの提案は慎重だった。ノリスも少し考えこみ、自分達が歩いてきた道を振り返り、検討《けんとう》する姿勢を見せている。

「……………！」

その瞬間、バトルマスターと聖騎士が目配せを交わした。

「ダメよ！　アタシ、まだ敵を一体も倒してないんだから！」

「ええ、せめて邪悪に一矢《いっし》報いなければ……。私達は無傷です、まだまだ戦えます！」

ちらちらと向ける視線。牽制《けんせい》じみたその意味を察せられないほど、アサシンは子供ではない。

今の戦闘で役に立てなかったから、勇者に役立たずと思われるのが嫌なのだ。そして。

（こいつが私に手を出すのを嫌がっている、といったところか？　最悪だな……！）

人間関係の拗《こじ》れは、冒険者にとって最大の悪夢だ。

優れたパーティーが恋愛沙汰《ざた》で崩壊するなど、冒険者をやっていれば年に数回は聞く。命がけの戦いを共にした男女が惹《ひ》かれ合うのは自然なことで、止められない。

が、まだ旅立ったばかり。ろくに戦いもしないうちに、これでは。

「くだらないことを考えるな。こいつに興味などない、それより撤退を……」

「こいつ⁉　勇者にこいつって⁉　失礼よ、アンタ失礼だわ！」

「ええ、そんな風に従順に見せて気を惹くなんて……卑怯《ひきょう》な振る舞いだと思います！」

「な、なんでそうなる……！」

倍になって返ってきた罵声《ばせい》を受けて、アサシンが前髪をかき上げて天を仰《あお》ぐ。

ぐだぐだと立ち止まり、揉《も》める中——輝き続ける聖剣の光から離れたところで。

『こんなかんじ。……ぐだぐだ？』

『うん、ありがとう。戻ってきていいよ』

主に思念を送った亡霊がふわりと還る。その行く先、墓地と未完成の迷宮を越えた場所。カルナが最初に創り出した部屋では、魔王と少年がもたらされた映像を眺めていた。

「……ええと、ダンジョンへ何しに来たんでしょう、この人達……？」

「痴話喧嘩《ちわげんか》、かしらね……面白いわ。恋愛小説でしか見たことなかったの！」

「そうなんですか？　でもだいたい、いつもこうでしたけど」

カルナの部屋。ゲゲゲと不気味に鳴く肉塊《にっかい》のようなクッションに並んで座り、カルナとセシリアはダンジョンコアが壁に映した光景に見入っていた。

『ほほう。ダンジョン内が映っておるのう？』

「うん。ゴースト達が見てる風景が見えるんだ」

ふよっと間近に現れたノーデンスに答え、カルナは眉《まゆ》をひそめる。

「でも、まさか勇者一行が来るなんて。変な縁ができちゃったかな？」

鬼岩窟を攻めていた騎士達を殺さなかった時点で、いずれ討伐隊《とうばつたい》が来る覚悟はしていた。

その時は魔王の部下、人類の敵として戦う。雇われ、報酬《ほうしゅう》を貰《もら》えるから……それだけではなく、自分を受け入れてきたセシリアへの忠誠と、覚悟を見せるために。

『姿を見せたのも、情報を持ち帰らせるためということかの？』

「うん。ダンジョンは土地を守るためのものだけど――攻めて来た人類を撃退して、魔力を手に入れるためのものでもあるから、ね」

暗い面持《おもも》ちのカルナに、そっとセシリアが囁いた。

「そうすることで、逃げ延びた騎士達は人類に新たな敵の出現を報告する。討伐のために人が来るわね。それを撃退することで、次々と生贄《いけにえ》がやってくる……そういうこと？」

「はい。ちょっと意外な人達が来ちゃいましたけど」

ダンジョンコアに映る勇者達。睨《にら》み合う聖騎士とバトルマスター、二人を連れ歩く勇者、一歩離れて従うアサシン。四人は初期地点の墓場を離れ、奥へと進行しつつある。

『ふむ、浮かない顔じゃの？　あの勇者めにはずいぶんと冷遇されたわけじゃし、仕返しくらいしてやってもバチは当たらんと思うがのう』

「うん。今は敵同士だし、ね」

容赦《ようしゃ》はしない、するはずがない。

復讐心《ふくしゅうしん》は正直に言ってなかった。いいように使われるだけだったとはいえ、仲間になると決めたのはカルナ自身で、そこを責めるべきではないと思ったから。

（あの人たちは身勝手だし、冷たかったけど……殺したり傷つける意味はなかった）

したところで少し気分がスッキリするとか、その程度だろう。

だがこの戦いは違う。恨みではなく、純粋に新たな主のための戦いだから。

（容赦はしない。相手が死んだらそれまでだ。僕はもう魔王の部下、人類の敵だから！）

強くコアを握りしめ、闘志をかきたてる。

あえて復讐するつもりはなかったが、戦う手に力が入るだけの理由は、あった。

カルナはそっと柔らかいセシリアの身体《からだ》から離れると、ぷよぷよとする肉塊クッションから立ち上がる。傍《かたわ》らに置いてあった不気味な仮面を被《かぶ》り、天啓を輝かせた。

全身の魔力が活性化する。皮膚《ひふ》に、肉に、魂に組み込まれた魔法のすべて。天啓として与えられた力と技術は、実戦と訓練を重ねて今や完全に彼のものとなっていた。

「蘇《よみがえ》れ、墓守《はかもり》たち。罠《わな》を仕掛け、守りを固めろ。──完成せよ、【久遠《くおん》の棺《ひつぎ》】！」

ダンジョンコアに光の線で図面が描かれ、カルナが設計した通りに創造魔法が発動する。

映し出された勇者一行が画面の中で慌てふためく。

溢《あふ》れる魔力が完全に土地を支配し、少年が選び抜いた難攻不落の要塞《ようさい》が現実となる。

「《墓地》へ創造魔法《墓荒らしへの懲罰《ちょうばつ》》発動。──いけ」

遠隔で土地を操作し、罠を出現させる創造魔法が発動する。

突然の地震に慌てふためく勇者一行、聖騎士が勇者に抱きつく。

カッコいいところを見せるつもりだろう、力強く受け止めたその瞬間、足元が崩れた。

『うわっ⁉　──うわあああああああああああああっ⁉』

『き、気持ち悪い‼　いやあああああっ‼　死体が‼　それに、虫！　虫です‼』

突如出現した墓穴から、腐った死体が手を伸ばす。

ねばねばした肉片のこびりついた骨が聖騎士の身体を摑《つか》み、法衣の裾《すそ》をまくり上げる。助けるべき勇者はといえば、転がり落ちた穴の底で腐肉を喰らう虫たちにまとわりつかれ、数百とも数千ともつかない、名前もわからない生物に全身をもぞもぞ触られていた。

『落とし穴……だと!? バカな、さっき調べた時はなかった……今助ける！』

『ちょ、ちょっと!! こっちにも来たわよ、なんでいきなり!!』

アサシンが勇者を救うべく、手近な枯れ木にロープをかけて命綱《いのちづな》を垂らした。

虫の群れに呑《の》み込まれながら、勇者が必死でそれを摑む。死体と虫のショックで呆然自失《ぼうぜんじしつ》となった聖騎士を抱えてよじ登ろうとしていると。

『私はノリスたちを引き上げる！ そっちは任せた！』

『う、うん！ え？ ……くっ、このっ!! 何、何こいつ!! ブヨブヨして……!?』

血の色をしたゼラチンの塊《かたまり》、スライムでありアンデッド。

《ブラッドプリン》が女バトルマスターを襲い、東洋風の衣装に絡みつく。自慢の布が血に染まり、しなやかな足を這《は》いながら蛭《ひる》のように食らいつき、血を吸い上げる。

『いたっ、いたたたたた!? 離れなさいよ、このっ!! ――《爆裂拳》ッ！」

魔力のこもったバトルマスターの拳が、鮮血のプリンを叩き潰す。

だがそれは悪手《あくしゅ》だ。スライムとしての属性も併せ持つそれは、打撃を受けるとグチャリと潰れ、はじけ飛んだ破片ひとつひとつが蠢《うごめ》き、柔肌《やわはだ》に食らいついていく。

『こ、こいつら……?! 取れない、取れないわ！　ねえ、なんとかしてよ!!』

『落ち着け。ノリス達を救出すれば、神聖魔法で祓える。それまで耐えてくれればいい』

『そんな落ち着いて言わないで！　早くして、早く!!　このグズッ!!』

涙目になってわめくバトルマスターの隣で、黙々とアサシンが勇者を引き上げる。

「このあたりが限界ですね。聖騎士と勇者がフリーになれば、対策されちゃいます」

「けど、かなりの嫌がらせにはなったんじゃないかしら？　いい罠ね、今の」

「そうですか？　えへへ、急ごしらえだけど上手《うま》くいって、よかったです」

セシリアにえらいえらい、と仮面越しに撫《な》でられて、カルナは思わず笑う。興味深げに彼が手にしたコアを覗《のぞ》き込みながら、犬によく似た魔王の耳が上下に揺れた。

「【久遠の棺】。威厳があってカッコいい名前ね？」

「えへへ……。時間がなくて、あまり凝《こ》った作りにはできませんでしたけど」

（いやいや、十分じゃろ）

言葉にならない思念で、ノーデンスは魔王とその手先となった少年を想う。

静かにコアの映像を眺めれば、穴から脱出した勇者は無事仲間を救出していた。しかし、態勢を立て直す間も与えずに高位のモンスターが出現し、息つく暇もない。

（カルナの思い描くダンジョンとは、わしらが囚われていた封印の墓所じゃ。神話時代の魔術の結晶、旧神すら閉じ込める罠と墓守たちと、それを創り出す術――）

この土地は魔力が乏《とぼ》しく、実家の隣の隠しダンジョンに比べれば遊びのようなものだ。

しかしそれでも、当代の勇者パーティーは悪戦苦闘し、続ければ罠だけで仕留めることもできそうに見える。ノーデンスがそう考えた時、他の思念が伝わってきた。

（やっぱ衰えてるよなー。勇者もアレだし、昨日のオーガ、あれで魔将だろ？）

（まあのう。だがアレが魔将としては弱かった可能性もあるし、油断禁物じゃ）

寝床であるランプの中から部屋を照らす旧神ヴォルヴァドス。

彼らが知る『勇者』とはあんなものではなかった。それこそ自分達にも匹敵し、今の罠など片手で軽くブチ破る、人類の限界を軽々と超えた存在で。

（実力を隠している？　それとも能力に発動条件でもあるのかの？）

以前の苦い敗北が蘇《よみがえ》る。かつて倒され、肉体を失い、魂のみで封印された原因。

古き神々をも倒した人類の可能性、《勇者》――それは、あんなものではない。

何をしてくるかわからない、切り札を隠しているのだとしたら。

（にしても、わしらの墓所を知るカルナが築いたダンジョン。簡単には突破できまい）

画面の向こうで、勇者達はさらなるドタバタ劇を続けていた。

「ブラッドプリンを浄化したのは良かったけど、その後がいまいちね。あれは？」

「《奇妙な影《ストレンジシャドー》》ですね。対処法が解ってれば、あんまり強くない子ですよ」

勇者が、聖騎士が、バトルマスターが地面を切り、殴《なぐ》り、蹴飛ばしている。

まるで地面を耕しているような姿だが、本人達は必死だった。

『くそっ、また外れた！　聖剣の光が通じないのか⁉』

『動きが速くて当たんない！　このこのこのこのっ！』

『はあ、はあ……きゃあっ！　ち、力が、吸われてっ……いやらしい！』

勇者達の周囲を、影絵の小鬼が踊り狂う。

死霊術で召喚できるが、アンデッドとは少々違う、闇の領域の生物だ。

闇の精霊の力を使い、宿主のいない影となって床や壁を駆け巡る。実体を持たないため人を傷つけることはできず、一見無害な存在に思えるのだが……。

「人や生き物の影に触れることで、魔力を吸い取る性質があるんです。おまけに素早くて、普通に攻撃して倒すのは至難《しなん》の業《わざ》ですね。それに……」

「当ててみせましょうか。あれ、厳密には精霊ね？　アンデッドじゃないから、退魔呪文や聖剣の光が通じない……。知識がないと、確かに詰むわね」

恐ろしいわ、とセシリアは呟《つぶや》く。

「アンデッドやゴーストをぶつけて、アンデッドを強く印象付けたあとにこれが現れたら、誰でもアンデッドだと誤解するわね。けど実際は違うから、魔法や技を無駄打ちする」

「はい。昔、やられました。その時はもっと強い上位種でしたけど」

しみじみとカルナが頷《うなず》く間にも、勇者一行は影の魔物に追い詰められていた。

ムキになって魔法や剣技を打ち込むが、ヒラヒラと嘲《あざけ》るように跳び回る影の魔物に翻弄《ほんろう》され、隙《すき》を衝《つ》いて影に触れられ魔力を削られるさまは、命がけの鬼ごっこのようで。

「あらあら。当代の勇者、こんなものかしら？」

「モンスターへの知識と、特殊なモンスターへの攻撃手段が足りないですね。勇者の聖剣は強力ですけど、非実体や蘇生《そせい》能力には相性が悪いですし」

「聖騎士の娘は信仰心が足りないわ。威力が心もとないし、消耗《しょうもう》も激しいわね」

「バトルマスターさんは根本的に間違ってますね。どんなにムキになっても、ただの攻撃じゃ《奇妙な影》は倒せません。対策がないと……あっ！」

カルナが驚きの声を上げる。

それまで影の攻撃を避けるのに専念していた女暗殺者が突然動き、何事か勇者に囁《ささや》く。

そしてパニックを起こしかけた聖騎士の背中を叩き、少し離れて勇者と向かい合うように立たせた。勇者が聖剣を、騎士が盾を高く掲げて光の魔力を解き放つ！

「……知ってたのかな？　それとも、今見破ったんでしょうか」

それは《奇妙な影》の弱点。

向かい合わせに放たれた強力な光に照らされて、範囲内にいた影達が縮こまる。

一方からの光に照らされた時、影は濃くなり長く伸びる。が、影ができないよう方向を変えて強い光を浴びせられると、動けなくなってしまうのだ。

『――!!』

何事か叫びながら、女アサシンは隠しポケットから小瓶《こびん》を取り出した。

栓《せん》をくわえるように噛んで抜くと高く跳び、丸く固まった黒い染みのような影の魔物にぶち撒《ま》ける。破邪《はじゃ》の聖水が影を焦がし、赤々と燃え上がり……！

「やるわね。……あの女戦士、咄嗟《とっさ》の判断と動きが見事だわ」

セシリアは思わず感心する。

「アイテムを使ったところを見ると、魔法系の天啓は持ってないのかしら？」

「かもしれませんね。使ったのは《破邪の聖水》……手投げ式の消耗品で、瓶が割れると祝福された水が燃え上がり、魔物を焼くやつですね」

天啓を受けた時、冒険者ギルドで簡単に教わった講習で見た覚えがあった。

魔法が使えない冒険者でも非実体にダメージを与えることができる貴重なアイテムだが、便利なだけに高いのだ。製造には高位魔法が必要なこともあり、常に品薄でもある。

「僕のお小遣いじゃぜんぜん買えないですね……。アレ一瓶買うのも、実家の農場を抵当に入れないと無理かもしれません。そのくらいお高いです」

「もったいないけど、切り札を抱えたままやられるよりはずっといいわね。あのナイフも特別製、聖銀……ミスリル製の投げナイフかしら。聖水と同じ破邪の効果があるわ」

聖水、ナイフ共に亡霊や精霊、悪魔にダメージを与え、結界を貫く《魔術師殺し》だ。

それを複数装備しているのは金持ちか、よほど用心深いかだろう。

「ええ。あの人は見たことないです、僕が知らない間に仲間になった人かなって」

勇者と取り巻きふたりは怖くない。能力は高くても弱点だらけだ。

しかし、一人でも冷静な人間がいて指示を出せば、その弱点を補って的確に動かせる。アサシンの指揮のもと、的確に彼らがパーティーとして動けば油断できない。

「そうね。……やれる？」

「はい。もちろんです！」

不安を感じさせないしっかりした声でカルナは答えると、改めてコアを見た。

映し出される映像の中、バトルマスターが何事か叫び始めた。

「あら、何かもめてるみたいね。小さくて聞こえにくいけど、なんて言ってるのかしら？」

「ええと……『遅いのよ、何グズグズしてるワケ!?』です」

「……助けられた相手の言葉じゃないわね。あのアサシンは優秀みたいだけど、一人じゃどうにもならないでしょう。そろそろ退くかしら？」

セシリアの予想通り、冒険者達はしばし話し合ってから、来た道を戻り始める。

「悪いけど、逃がすわけにはいかないんだ」

冷たく言い放つと、仮面の少年は再び己の迷宮を作り替える。

それが何を意味するのかも知らず——ダンジョンコアの中、勇者は歩いていた。

＊

時は、しばし遡《さかのぼ》り——ダンジョン《久遠の棺》。

《奇妙な影》との戦いを終えたばかりのパーティーに、金切り声が響いた。

「撤退撤退って……アンタ、それしか言えないワケ!?　どういうつもりなの！」

「必要だから言っているまでだ」

女バトルマスターがアサシンに吠えかかり、他の仲間二人も同意するように膨《ふく》れている。無言の圧力を受け流しながら、アサシンはこれまでの戦いを振り返った。

「敵はこちらの手の内を読み、相性の悪い魔物を中心に送り込んできている。強力な魔族は人間を舐《な》めてかかってくるが……この迷宮の主はそれほど甘くなさそうだ」

弱点を衝《つ》き、大ダメージを与える勇者に地形効果の蘇生で対抗したり。

パーティの攻撃手段が物理攻撃に頼っているのを察知されたか、初見殺しのギミックを持つ影の魔物や、とにかくしぶとく分裂までするスライムまで送り込んできている。

「恐らく最初逃がした亡霊か、あるいは他の監視手段があるのか。とにかくこちらを視《み》て、それに対応した手を打たれている。このままでは勝てない、仕切り直しだ」

「だが、ここまで来てむざむざ退くわけにはいかない！　何か成果を出さないと！」

「無謀《むぼう》だ。死ぬぞ」

叫ぶ勇者に、アサシンは素っ気なく答える。すると、

「だが、先ほどの戦いは見事だった。有効な攻撃が決まれば勝てる、そうじゃないか？　つまりアイテムを出し惜しみせず、もっと君が積極的に戦えばいい話じゃないか！」

「高位魔法で祝福された聖水は高いし、レアなんだ。そう簡単に使えるか」

「信じらんない！　仲間がやられてるのにお金を出し惜しんだワケ!?」

「私も使うべきだと思います。勇者様の名誉は、お金では買えませんから！」

「自分の財布から出して言え。まったく……話にならないな」

アサシンは答え、ため息をつく。

(冒険者ギルドに毎年集まる、半端な天啓を得た出稼《でかせ》ぎ冒険者の方がよほどマシだ。半端に強いし自信があるから、我が強すぎる……！)

戦わないバトルマスター、勇者のことしか頭にない聖騎士、俺様体質が透ける勇者様。

そうした性格も問題だが、まずいのは彼らが三人、悪い形でまとまってしまったことだ。集団であることの根拠のない安心感、グループの異物を攻撃することに味を占《し》めている。

(私が合流するまでの一か月で、そういう空気ができてしまったということか。それとも前々からなのか……。どのみち無理だな、いくら意見しても聞かないなら無意味だ)

暗殺者にして傭兵《ようへい》。金次第で有力なパーティーを渡り歩いてきた彼女は、ギルドからの要請を受けて勇者パーティーに所属している。その理由は、なんとも間抜けなものだ。

(ひよっ子の面倒を戦歴の長いベテランに見させるのはよくある話だが……)

そういう冒険者は屈強な男が多い。天啓に恵まれれば女性も男性も区別なく戦えるが、迷宮探索や戦場暮らしの過酷《かこく》さに好んで耐える女性は少ないからだ。

──ベテラン冒険者の中で最も若く、そして美人の女だったから。

(勇者にそんな理由で選ばれたと聞いた時は馬鹿かと思ったが、想像以上だった……!)

そんな条件を出す勇者も勇者だが、選ぶ冒険者ギルドも情けない。上層部にしてみれば自分が素人《しろうと》勇者を叩き直すのを期待しているのだろうが、それには報酬《ほうしゅう》が安すぎる。

せめて素直ならいくらでもやりようはある。が、これでは。

「わかったよ、聖水の代金は僕が払おう。そのかわり次の戦いで使ってくれないか?」

さも譲歩《じょうほ》した、と言わんばかりに言われ、アサシンはわずかに沈黙した。

「……そのあたりが落としどころか。いいだろう、しかし条件がある」

不毛な議論を打ち切るように、彼女は言った。

「今すぐ撤退し、脱出中に敵と出会った場合のみ使う。この条件は譲《ゆず》れない」

「わかった。それでいいかい、二人とも?」

「街に戻ったら覚えてなさいよ! まだ話は終わってないんだからね!」

「このことは、ギルドに報告いたします。勇者の聖戦をなんだと思って……!」

口々に言う三人に、もはやため息すらも出ない。

(……ダメだな、これは。このクエストが終了したら正式に抜けよう)

顔は笑っているが、内心の怒りが隠し切れていないノリス。勇者のためという名目で、自分の怒りをぶつけてくる女たち。どちらも、どうしようもないとしか言えない。

「撤退すると決まれば急いだ方がいい。私が先頭で偵察する」

耳を塞《ふさ》ぐようにフードを下ろし、少し距離を開けて歩き出す。

グチグチとした陰口はそれでも聞こえてきたが、無視してしばらく来た道を戻ると――。

「……雰囲気《ふんいき》、変わってない？」

「ええ。もしかして、道を間違えたのでは？」

「いや。ここへ来るまでに記した地図の通りだ。……やられたか？」

墓標がしだいに消え、靴底《くつぞこ》をぬめる泥もない。

地下迷宮、そう呼ぶにふさわしい石造りの壁と道に、いつしか一行は迷い込んでいた。

「創造魔法で土地の属性を切り替えたな。ごく普通の《地下道》に見えるが」

「ちょっと待ってよ！　あそこ、光が見えるわ！」

「おおっ、出口だ！」

角を曲がった瞬間、陰気な地下道の奥に光が見えて――。

（おかしい！　ダンジョンに入ってから進んだ距離と、戻った距離が合わない!!）

刹那《せつな》、ぞわりとした悪寒《おかん》がアサシンを襲った。仲間を止めようと振り向く、しかし。

半日近く墓地をさ迷った若者達にとって、光はあまりに眩《まぶ》しかった。

「何よ、思ったより近かったわね。敵なんか出なかったじゃない！」

「バカ！　罠《わな》だ！　近づくな!!」

駆けだす勇者達。止めようとアサシンが走る。

彼女が追い付くより早く、光のもとへ彼らが踏み出した時。

……ガラガラガラガラガラ!!

「何よこれ!?　鉄格子《てつごうし》!?」

「出口が！　来た道も塞がれたぞ！　……閉じ込められた!?」

そこは不気味な骨が飾られた円形の部屋だ。

道は二つ。冒険者達が戻ってきた迷宮の奥へと続く道。

そして、外の光らしきものが見えた、出口らしき道。天井から落ちて来た鉄格子がその両方を塞ぎ、まるで檻《おり》のように冒険者達を閉じ込めている。

ボッ、ボッ……と不気味な音がし、にわかに周囲が照らされた。

赤みがかった光の源は、ドーム状の天井に現れた不気味な鬼火。ふよふよと泳ぐように飛び回る火の玉は、死霊術で召喚された亡霊の類だろう。

「どうしたら？　あの火の玉、敵なの!?」

「シッ。……そこだ!!」

混乱しかけるバトルマスターを鋭く止めると、アサシンは短剣を抜いた。

揺らめく赤い光に照らされた室内の一角。不自然に空気が淀《よど》み、わずかに歪んで見えた一点を刃が襲う。しかし、それが空中を貫くより早く、突如出現した杖《つえ》が刃を弾く！

「なっ……！　聖銀のナイフを！」

甲高《かんだか》い金属音。破邪の力を秘めた金属が魔術師の杖の一閃《いっせん》で叩き落とされ、床に転がる。破られた幻惑魔法、名残《なごり》のような蜃気楼《しんきろう》の中から、黒衣の少年が姿を現した。

「――【幻惑の鬼火《ウィル・オー・ウィスプ》】を破りましたか。やりますね」

空中を泳ぎ回る鬼火もまた、死霊術で召喚される下級のモンスターだ。

亡霊にすらなり損《そこ》ねた、墓場に現れる無念の鬼火。その光は生者を惑わし、地獄へ誘うとされている。戦闘能力こそほぼないものの、強い幻覚を創り出すのだ。

その幻は、例えば地下迷宮の奥底で、出口のない閉鎖空間――。

闘技場へ勇者を誘うために、偽りの太陽、外の光を見せることすら、容易《たやす》い。

「お前は……！」

警戒心も露わに勇者が叫ぶ。

それに答えるように、竜の仮面に黒衣の少年――彼らは知らない。

その正体がかつて自らが追放した元の仲間、カルナ＝ネクロモーゼだということを。が、カルナにとってももう遅い。ここにいるのは既に仲間ではない、敵なのだから。

「──地下迷宮の主が、ご挨拶《あいさつ》に参りました」

慇懃《いんぎん》とも思える礼。正体を隠すべく、勇者達の前で呼び出していた亡霊達は使わない。声もできるかぎり嗄《か》らし、変声期前の高い声をなるべく低く誤魔化《ごまか》している。

幼稚ともいえる変装。だが幻惑の鬼火が創り出す幻によって、それはあたかも不気味な魔族、正体不明の怪物としか見えぬように偽装されている。

「はじめまして、勇者様？」

「くっ……!!」

勇者ノリス・パラディウス、そして賢者カルナ＝ネクロモーゼ。

袂《たもと》を分かった二人は、人知れず戦場で強く睨《にら》み合っていた。

＊

──《決闘場《コロッセオ》》に、沈黙が続く。

創造魔法で生み出された戦場、その機能はごくシンプルなものだ。

敵を倒さなければ脱出できない。いわゆる《ボス》……迷宮の中間や最奥で重要施設を守るために選ばれた強力なモンスターを配置し、正面決戦を強《し》いるのである。

寂びた石造りのホール。あちこちに散らばる乾いた血や骸骨《がいこつ》は、死霊術系の創造魔法で生み出されたが故の飾りだろう。天井近くを鬼火の群れが躍り、青白い光を投げかける。

そして立つ、黒い仮面の小柄な影。

(見せられた手配書と一致する。これが、例の《見たこともない焰使《ほのおづか》い》か)

女アサシンは聖銀のナイフを構えながら、じっくりとその姿を観察していく。

(体格はかなり小さい。子供並だが……魔族の体格はあてにならない。武器は杖、魔術師。それも死霊術と火炎術を使うのは確定として、あとは……！)

闇のように黒いマントの陰に隠した拳が、燃えている。

ひときわ大きな鬼火がひょいっと天井から舞い降り、仮面の傍近くで漂う。燃える陽炎《かげろう》の中に顔《おぼ》と思しき輪郭《りんかく》が浮かびあがり、何事か仮面の影と話しているようだった。

『当代の勇者が相手か！　ジイさんたちは出さなくていいのか?』

『ダメ。亡霊達に混じって、お爺《じい》ちゃんを使う姿をあの人達には見られてるから』

念で繋《つな》がる霊話で、影――カルナと鬼火、ヴォルヴァドスは密かに語る。

『霊の区別がつくとは思えないけど、わずかなヒントも残したくない。だって……』

カルナの心配は、人類領で今も荒野を耕す祖父母にある。

汚名はもう、かまわない。自分が冒険者ギルドで冷遇されたり、陰口を叩かれるのは耐えられる。理不尽な仕打ちと恨む気すらない。だが、なんの罪もない祖父母は別だ。

『僕はもう人類の敵だ。何を言われ、何をされても仕方ない。けど……故郷の家族は別だ。人質にされたり、危害を加えられないように。絶対に正体は隠して撃退しなきゃ！』

仮面を被《かぶ》り、声を変え。亡霊の支援も外し、すでに人類側に明かした鬼火とヴォルヴァドスのみを連れて、カルナは静かに勇者と対峙《たいじ》していた。

「はじめまして、か。……魔族風情《ふぜい》が、人間のようなことを言うな！」

露骨な憎しみをこめて勇者ノリスが叫ぶ。

なんだかんだで、彼は外面《そとづら》が良かった。計算ずくのことだとしても滅多《めった》に怒らず、勇者にふさわしいと周囲が思うような振る舞いをする。が、今や……。

（頭にあるのは僕、魔族への憎しみと戦闘衝動。取り繕《つくろ》う必要もないから、かな？）

魔法を使うまでもない。激情に身を委《ゆだ》ねたノリスには、仲間として接した頃の表面的な柔らかさが完全に消えている。全身に魔力が漲《みなぎ》り、いかにも大技を放ちそうだ。

（冷静さを失ってる？　……助かる。防いでカウンターを……あれ？）

「落ち着け、ノリス。私が投げたナイフがどうなったか、思い出せ」

カルナの思惑を止めたのは、女アサシンの一言だった。

「はあ？　何よいきなり。たかがナイフ一本がそんなに惜しいの？」

バトルマスターが口を挟む。

アサシンはカルナの動きを警戒しながら、自分が握るもう一本のナイフを見せた。

「あれは聖銀ナイフ。破邪《はじゃ》の力を持ち、防御魔法を貫く魔術師殺しだ」

「……そうか。では、君の攻撃を防いだのは……！」

「そうだ。魔法ではない、ヤツ自身の技術によるものだ。白兵戦なら勝てると思うな」

ノリスの叫びにアサシンは答える。彼女の予測は当たり、ある意味間違っていた。

（見抜かれた。……この人、鋭い。正確には僕の技術とは違うけど）

魂の繋がった仲間、ヴォルヴァドスの持つ戦技をカルナは借りている。達人級の戦技、防御技術があれば魔法に頼ることなく自らを守ることができるのだ。

しかし、それを見破ったアサシンもまた、余裕はない。

（対魔術師戦の基本は距離を詰め、魔法を使う隙《すき》を与えず畳《たた》みかけること。だが……）

アサシンは思う。それはあくまで敵が白兵戦に不得手なら、の話。護衛のモンスターを連れていたり、本人が体術に優れていた場合、その欠点は埋まってしまうのだ。

（体格は子供並み、恐らく強力な強化魔法がかかっているな。私のナイフを凌《しの》いだ手並みから、戦士系上級職並みの戦闘力があると判断していい……ならば！）

現状、こちらの戦術的優位はひとつ。──四対一という、数の優位。

「甘く見るな、ヤツは強い。全員で協力して畳みかけろ。無理に攻撃せず、詠唱《えいしょう》を止めてジリジリと慎重に攻めろ。いいな？」

「フン！　警告のつもり？　余計なお世話よ！」

だが、その言葉は無視される。東方風の装束《しょうぞく》をなびかせ、バトルマスターが突撃した。

「こんな奴、私一人で十分よ！」

『来た。ヴォル君！』

『おう！　オレのスキル、貸してやるよ。好きに使え！』

無謀《むぼう》な突撃に反応し、思念の結びつきが一気に強まる。

「──【憑依《ポゼッション》】！」

妖しい炎が影を取り巻く。鬼火ヴォルヴァドスの火炎、それは魂の灯だ。

外なる神と呼ばれる高次の存在が憑依し、その技術や能力を貸し与える神憑《かみがか》りの儀は、どこにでもいる子供でしかないカルナの肉体を人外の領域にまで引き上げた。

「馬鹿！　一人で突っ込むな、協力しろ!!」

「大丈夫さ。彼女は上級職──《バトルマスター》だからね！」

青ざめる暗殺者に対し、勇者には嘲《あざけ》るような余裕がある。

が、それには理由があった。

あらゆる武器、武術を使いこなす《バトルマスター》の天啓は、素人《しろうと》を達人に変える。さらにその中でも格闘技術を天啓が導くままに学んだ彼女は──。

「対人、対魔族特化。それも若手随一《ずいいち》といわれる実力者だよ」

格闘技とは人と人の戦いを前提に組まれた技術だ。

魔族という天敵が存在する以上、人類は人に近しい姿をした亜人、魔族に対しその技を使い、磨《みが》き上げてきた。裕福な商家の生まれのせいか、汚いモンスターの類《たぐい》は苦手だが。

「──吹っ飛びなさい!!」

素手の拳が鋼《はがね》に変わる。見えざる魔力を纏《まと》ったそれは、一撃が鋼の鎧《よろい》を凹《へこ》ませる。

華奢《きやしや》にさえ見える女の細腕。だが天啓による職業の加護と強化を重ね、出し惜しみせず秒間数百発もの連打を放つ必殺技……【超連撃《スーパーラッシュ》】！

（ごめん、それは）

肉が潰れ、骨が砕《くだ》ける無数の連撃。それを前にカルナは、鬼火を纏った杖《つえ》を構えて。

守りの魔法を唱えるでもなく、壁となるモンスターを召喚するわけでもなく……なんと、武器ならぬ杖を構えて、巧みにそれを受け流していく！

『そうだ。いいぞ、カルナ！』

脳裏《のうり》に響くヴォルヴァドスの声。

『数えきれねー連打ったって、その八割は牽制《けんせい》だ。逃げ道をなくすために周りを抑えたり、ビビらせて守りをミスらせたり、詠唱を止めるハッタリなのさ！』

降り注ぐ拳に光が閃《ひらめ》く。それはヴォルヴァドスの導き、致命傷となる打撃の印だ。

杖と拳が激突し、火花を散らす。一歩もその場を動くことなく、ただそれだけを狙って弾く。

並の戦士ならとっくに挽肉《ひきにく》となる破壊力、そのすべてを……！

「え……⁉　う、嘘っ‼　全部防がれた⁉」

愕然《がくぜん》とするバトルマスターを前に、杖をクルリと振りながら。

『《天啓》頼りで発動した技は読めるのさ。見えるだろ、カルナ？』

『うん。速いけど……決まった動きしかしてないんだね、ヴォルヴァ君』

天啓によって組み込まれた戦闘技術は、すべてそうだ。

拳を固めて殴《なぐ》りかかる。連動して腕、肩、胸、腰、足の関節が動き、威力を増す。

本来ならば地道な稽古《けいこ》、反復練習でのみ身につく動作を《天啓》の刻印により最初から組み込み、あとは我が身に最適化して覚え、より滑らかに動けるようにすること。

それが現在──《天啓》の時代における戦士、武術の訓練であり。

『そうそう。固まってるのさ。一定のパターンから抜け出せてねえ。この動きをしたら次はこれ、って全部初期設定の順番通りで、バレバレだっての！』

『なるほど……。それじゃ、反撃してみようか。行くよ！』

──ギンッ!!

「ヒッ!?」

掠《かす》れたような悲鳴がする。仮面の奥、鬼火を灯した眼が燃え上がった。

冷たく燃える闘志の炎。杖を構え、腰を落として突きかかる。天啓の導きか、驚き慌てながらもバトルマスターは反射的に動き、杖先を拳で払おうとする。

が、激突の瞬間……カルナは手首を軽く回し、拳を丸く巻き込むように払いのける。

「……がはっ!?」

水月《すいげつ》──みぞおちを思い切り、杖先の飾りが打ち抜いた。

彼女の装備、東方風の武闘着は高級品だが、回避と魔法耐性に重点を置いた作りだ。

固い装甲で受け止めるようなものではない。めり込んだ杖先に息が止まり、肋骨《ろっこつ》が軋《きし》み激痛を与える。息を吐き切った少女は白目を剝《む》き、ただ一撃で後ろへ倒れ込んだ。

「なッ！　バトルマスターを……一撃だと!?」

この間、わずか三秒。ようやく事態を把握《はあく》した勇者が驚愕《きょうがく》に叫ぶ。

倒れたバトルマスターの間近に立ちながら、鬼火を纏うカルナがゆっくりと振り向いた。

『防御も天啓頼りだな。《破り方》を知ってりゃ楽勝だぜ。つーか、弱すぎね？』

『……そうだよね、おかしい。油断させてカウンターを狙ってるのかもしれない』

『だよな！　コレが全力なんてありえねーよ。勇者の仲間だぞ!?』

繋がった念から、ヴォルヴァドスが知る古《いにしえ》の勇者のイメージが流れ込んでくる。

筋骨隆々たる鋼の肉体。ただ鍛錬の成果ではない、神々《こうごう》しさすら感じる圧倒的な存在感。焔《ほのお》の髪を持つ少年ヴォルヴァドスに食い下がり、手にした大剣の冴えときたら……！

『これが……勇者？』

『オレと戦った勇者の仲間、戦士のひとりさ。授けた天啓の動作を参考に、テメー自身の技をがっつり磨いて身に着けてた。人類反逆の切り札、これくらい基本だろ？』

『うん。なら、やっぱり何か手を打ってくるはずだ。やられることをトリガーにして発動する魔法とか、特殊なアイテム……隠し能力かも。油断できないな……！』

送り込まれたイメージ。ヴォルヴァドスが憑依《ひょうい》してさえ一瞬で叩き潰されかねない熱い剣。その恐るべき印象に芽生《めば》えかけた侮りを打ち消され、カルナは慎重に構える。

「主よ、邪悪を滅する力をお貸しください。──【聖砕撃《ホーリークラッシュ》】!!」

『ッ!?』

その時、光が溢《あふ》れた。

バトルマスターの敗北を見届けた聖騎士。祈りによって招かれた強大な魔力が凝縮され、手にした槍に宿る。それは衰えることなく一気に昂《たかぶ》り、砲撃のごとく飛んでくる!

「え!? そんな無茶な!!」

思わず素の声でカルナは言った。判断は一瞬、一秒にすら満たない。気を失って倒れ、目を回しているバトルマスター。裾《すそ》を乱した女が射線上に倒れている。

(このままじゃ巻き込まれる!!)

神の力を借りて放つとされる光の砲弾は、気絶して抵抗を失った人間など一瞬で殺す。奔《はし》る光が女の髪を焦がす寸前、咄嗟《とっさ》に放った力が形となり、魔法が完成した。

「──【屍者創生《クリエイトアンデッド》】!!」

腐った泥が石畳《いしだたみ》に生まれ、のべっと伸びて壁となる。召喚され、土くれに宿った死者が倒れたバトルマスターをかばい、味方の呪文によって焼き殺される寸前に防ぐ。

爆発と煙、輝く十字架めいた神聖なる光が闘技場を覆《おお》った。強烈な余波の中、辛《かろ》うじて目と顔を腕で守りながら、アサシンが愕然と仲間に叫ぶ。

「仲間ごと撃つだと!?　なんてことを！」

「平気です。今蘇生《そせい》いたしますわ！」

迷わず聖騎士は盾を構え、槍を掲げて爆心地へ突っ込む。

神聖な光の直撃により、焼き付いたような焦げ跡が放射状に残る石畳を踏みつけて走る。巻き上げられた土煙の切れ間に倒れた女の黒髪が覗《のぞ》いた瞬間、彼女は。

「いました！　良かった、今助け……」

「まだ早い！　うかつに近づくな!!」

アサシンの警告。だが、もう遅い。

邪悪は滅びた、敵は倒した、勝った。そう確信し、仲間の元へ聖騎士は走る。

が、彼女は気づかない。爆心地で倒れながら、バトルマスターには怪我《けが》ひとつないと。

「【腐敗の風】」

「！　……聖なる守りよ!!」

土煙の中から魔力を纏った杖《つえ》が現れ、そこに邪悪な魔力が渦巻《うずま》いた。

死の風が吹き、降りしきる煙や煤《すす》ごと大きな流れとなって聖騎士を襲った。咄嗟に彼女は盾を構え、光の魔力を凝縮して守りを固めるが、それはすぐさま打ち破られた。

「え？　……あ……！　きゃあああああっ！」

構えた盾の裏側が、瞬時に赤黒く錆《さ》びてゆく。外周から盾を作る鋼《はがね》が朽《く》ち、ボロボロとうろこ状に剝《は》がれていった。さらに守りを抜けた死の風は女の身体《からだ》を撫《な》でるように吹き、鎧《よろい》を、服を、全身にまとったすべてを剝ぎ取ってしまう。

「きゃああああああああああああああああっ!!」

悲鳴、絶叫。辛うじて皮膚《ひふ》を犯されなかったのは、展開した聖なる守りと最高級装備の賜物《たまもの》だろう。下着まで消え失せ、露わになった白い肌が腐り落ちる寸前に、

「ちっ、迂闊《うかつ》なことを!!」

身を低くし、豹《ひょう》のように駆けたアサシンが裸の騎士を腐敗の風から押し出した。

石畳に擦れて無残な擦り傷をいくつも作りながら、騎士の身体が力なく転がる。彼女の無事を確認して振り向くと、吹き抜けた風の流れに沿って大地が腐れ落ちていた。

グズグズに溶けた石畳。もはや金屑《かなくず》になった装備の残骸《ざんがい》。一瞬でも遅れていれば自分もそうなっていただろう。ぞっとするものを感じながら、アサシンは叫ぶ。

「一瞬遅かったら死んでいたぞ！　だから用心しろと……っ!?」

「ああ……ああああああああああ……!?」

ガタガタと震え、股間《こかん》から生暖かいものが広がっていく。

先ほどまでの凜《りん》とした、勝利への確信など微塵《みじん》もない。へたへたと座り込み、本来なら自分がそうなるはずだった腐敗の惨禍《さんか》に目を奪われながら、背後へ倒れてしまう。

「気絶したか……。くそっ、素人《しろうと》はこれだから！」

アサシンが彼ら、勇者パーティーと本格的に組んでから感じたことがあった。

彼女が知る限り、ノリスと聖騎士、バトルマスターの三人は《天啓》を得てから数年間修行を積み、今年が初実戦だったはずだ。訓練以外での実戦の経験は乏《とぼ》しく、何より。

（不利になったことがない。負けたことがないのか、こいつら!?）

逃した仲間、カルナの力をアサシンは伝聞でしか知らない。

だが実力者だったらしく、一か月間の旅路で勇者一行が挙げた実績は相当なものだ。が、そのほとんどをカルナが戦い、他の仲間……勇者であるノリスすら必要なかったという。

（あの目立ちたがりのノリスが、そいつがいると活躍できないとまで言ったほどだ。ある程度誇張があるのかと思っていたが、まさかそのまま事実だとしたら……！）

危険に身を投じ、危険の中で人類は鍛えられる。恐怖に抗《あらが》い、武器を取るのは天啓だけ優れた素人にはできないことだ。が、強い仲間に守られ、ピンチの経験がなかったなら。

（道理で戦い方がメチャクチャなわけだ。本当に素人同然ということか、おまけに！）

ようやく晴れた土煙、腐敗の風の名残《なごり》の向こうに立つ仮面の影。

不気味に佇《たたず》む【迷宮の主】。本来なら邪悪を焼き尽くす【聖砕撃】に対し、ほぼ一瞬の判断でゾンビを召喚、文字通りの壁として防いでみせた。

(判断が迅い。おまけに魔法の完成も早すぎる！　……明らかに格上だ！)

ひよっ子同然の勇者はもちろん、戦場暮らしが長い暗殺者ですら見たことがない強敵。

それほどまでに【迷宮の主】は底知れない。バトルマスターと正面から殴《なぐ》り合う武術、さらに一秒未満で完成する魔法。ただ天啓を得て使い方を知った素人魔法使いとの違いは魔法の選択と発動までの圧倒的な速さにあるのだ。

(あのレベルでは、ヘタをすると殴り合いながら平気で魔法を使ってくるぞ！　くそっ、近接戦で集中を削《そ》ぎ、魔法を使わせず倒す……対魔法使いの基本戦術が、死ぬ！)

どれほど長く魔法を学び、修行を積めばこれほどの力を得るのだろうか？

大魔道、大賢者——そんな名で歴史に名を刻んだ人類の英雄たちに匹敵する詠唱《えいしょう》技術。一見子供のようにすら見えるが、アレは想定以上。魔将、いや魔王クラスの強敵だ。

「くっ……！」

鎧のあちこちに隠した《切り札》が、ひどく頼りない。

あえてゾンビのカバー圏内に敵であるバトルマスターを入れた、ということは……。

（人質、ということか。最悪だ！）

だがそんなアサシンの焦りとは裏腹に、当の【迷宮の主】は――？


『何考えてるの、あの人!? え～……。今、仲間ごと撃った、よね？』

『間違いねーよ。今カルナがかばわなかったら死んでたぞ！ ……って、またかよ!?』

わけのわからない事態に困惑しながらも、強い攻撃の気配を察して即座に振り向く。

「はああああああああああああああああああああああっ!!」

爆発じみた勢いで魔力が高まっていく。

勇者ノリス・パラディウス。鎧に隠れた《天啓》が強烈な光を放ち、聖剣を覆う魔力はもはや天に向かってそびえる大木のようだ。それは素人でも理解できる、攻撃の準備で。

「そこの聖騎士といい、貴様といい。――仲間ごと撃つ気なのか？」

できる限り大人びた声、口調を変えてカルナは言う。

今のノリスの位置なら、倒れているバトルマスターの姿が目に入らないはずがなく。

そして今彼が高めている魔力量は、あの【聖砕撃】以上。どんな技を使うつもりであれ、確実に彼女は巻き込まれ、無防備なまま死んでしまうだろう。

「フッ、当然さ。人質なんて卑怯《ひきょう》な手段は、勇者には通用しない。そのために……！」

ちらりと勇者は視線を逸《そ》らす。そこにいるのは裸の聖騎士。気を失っているものの――

「やっと覚えた【蘇生魔術】があるからね。死んでもかまわない。復活できれば!!」

「……………!!」

遺体に損傷や腐敗がなく、死後時間が経っていなければ蘇生魔術は有効な手段だ。

確実ではないにせよ、かなりの高確率で魂を呼び戻すことができる。だが失敗の可能性、ミスの恐れがある以上、普通の冒険者であれば文字通り『最後の手段』にする。

決して仲間ごと敵を撃つための魔法ではない。戦術としての理解はできる。だが感情が、またもや誰かを見捨て、踏み台にしようとする【勇者】が――気に入らなかった。

（僕だけなら、まだいい。けど。一緒だった仲間まで、そんな風に……!!）

仮面の裏で怒りが滾《たぎ》る。

だがそれを頭のどこかで冷静に抑えながら、カルナは勇者が聖剣を振り上げるのを見た。

輝く光が剣を包む。今度は即時に召喚したゾンビ程度では盾にもなるまい。そう感じる、勇者の称号にふさわしい超大出力。戦場で使えば一軍を焼き払う、必殺の――！

「――【聖光斬《ホーリースラッシュ》】！」

技の基本は槍と剣の差こそあれ、聖騎士が使用した技と同じものだ。

しかし薙《な》ぎ払う『剣』と一点を貫く『槍』では性質が異なる。横に薙ぎ払うのではなく、大上段から振り下ろすことであらゆる守りを真っ二つに叩き割る、その魔力！

『へっ、力だけはいっぱしだな。邪悪特攻《じゃあくとっこう》、悪を抹殺《まっさつ》する断罪の剣か！』

『うん、ヴォル君。悪いけど……お願い！』

『任せろ、カルナ！　うぉっしゃあああああああああああああ!!』

刻印が輝き、カルナの昂る魔力が鬼火へ注ぐ。

取り憑《つ》いていた炎が膨《ふく》らみ、メラメラと爆《は》ぜながら体を抜けていくのを感じる。

（これが何かの罠《わな》だとしたら、まんまと思惑に乗ることになる）

底なしかと思えるほど魔力を呑《の》み込む鬼火、ヴォルヴァドス。だがカルナは平然とそれを続けながら、愕然《がくぜん》とするアサシンや聖騎士、そして足元の人物をちらりと見つめた。

（敵同士だ。バトルマスターさんを助ける気もない。けど）

彼女を助けるためではなく、そんな綺麗《きれい》な理由ではなく。

（誰かを切り捨てるような真似《まね》を、二度も許すほど。……腑《ふ》抜けてもいない！）

怒りが燃える。結びついた想い、心の震えがヴォルヴァドスに流れ込む。

若く純粋な少年の意思が暖かく、残り火のようにくすぶっていた神の真髄《しんずい》を覚醒《かくせい》させる。

「【火神顕現《ヴォルヴァドスけんげん》】!!」

それはまるで、輝く太陽が降りてきたかのような光。

揺らめく炎の髪。穢《けが》れなき白い衣をまとった少年のような姿——だがその胸はわずかに膨らんでおり、少年とも少女ともつかぬ不思議な魅力を放っている。

断罪の刃が届く。顕現せし神は「ヘッ」と不敵に笑み、拳を握り。

「——【火雷《ホノミカヅチ》】!!」

それは古《いにしえ》の神、忘れられし神ヴォルヴァドスに仕えし者の名を冠する炎の絶技。

気を失い寝息を立てるバトルマスター。その間近に降り立った神が放った深紅の炎は、まるで深紅の玉を焔《ほのお》に変えたかのごとく澄んで輝き、真っ向から光の刃を打ち砕《くだ》く!

「くっ!! なんて威力だっ……!!」

裸の聖騎士を守り、アサシンが猛烈な熱波を凌《しの》ぐ。

隠しポケットの切り札から咄嗟《とっさ》に耐火の護符を出したが、使う必要はなかった。神の炎は望まぬものを焼くことはなく、強烈な熱を浴びても髪の毛ひとすじ焦がしはしない。

——砕けた光が儚《はかな》く散った。

「あ……? ば、馬鹿な……!」

真横をすり抜けた爆炎が、闘技場の壁に大穴を穿《うが》つ。熔けた岩が真っ赤に灼《や》けて流れ、その靴《くつ》の間近にまで迫ってくると、勇者ノリスはようやく我に返った。

「【悪】を断つ勇者の一撃を邪悪な魔族が破っただと!?」

それは彼が知るルールでは、決してありえない異常。

聖剣と光の剣技、その相性は完璧《かんぺき》だ。二つが合わさった時、破れぬものはないほどの力となる。しかし、そんな彼の常識は、無残に打ち砕かれてしまった。

……バキンッ!

「え?」

金属音と共に、石畳《いしだたみ》に鋼《はがね》が落ちる。

それは半ばから折れた剣。勇者ノリス・パラディウスが使っていた、その刃であった。

＊

「な……！　剣が！　勇者の聖剣が折れた!?」

ノリスは慌てて屈みこみ、折れた刃を拾う。が、本来の姿ではないと一目で解った。

鏡のように澄んでいた鋼は錆《さ》びて黒く、ぽろぽろと刃先がこぼれるほど脆《もろ》くなっている。それだけではない。彼の身を包んでいた鎧、祝福を受けた神聖なる装備さえも。

バキッ、パキッ、ペキッ……カラン!

留め金が折れ、革紐は千切《ちぎ》れて装甲は朽《く》ちる。

残ったのはわずかな下着だけの無残な姿となった勇者は、信じられぬとばかりに叫んだ。

「鎧まで……どういうことだ、これは⁉　装備まで外れただと⁉」

あらゆる武器の王者。人類が望む極《きわ》みとすら呼ばれる勇者の聖剣。

そして聖なる鎧。どちらも新たな勇者が現れるたび、国を挙げてその者に合わせて鍛え、授かる名誉の証《あかし》だ。彼らが旅立つまでの訓練期間は、その制作に要する時間でもある。

言わば、神と教会に、王と国が勇者に贈る証。それが壊れ、穢れた錆に変わっていく中、勇者は壊れた顔で砂の混じったそれを必死にかき集めていた。

「ど、どんな魔法を使った⁉　聖剣や鎧を破壊する魔法なんて聞いたことがない‼」

「……魔法じゃない。お前のミスだ、ノリス」

答えは、意外なところから届く。

熱波も収まり、裸の聖騎士にわずかな布を被せたアサシンが立ち上がった。

革鎧の隠しポケットから小さな道具を取り出すと、耳に蔓《つる》をかける。それは、ごく稀《まれ》に地下迷宮などで発見される、《眼鏡《めがね》》と呼ばれる魔法の道具だった。

「この《真実の眼鏡》は映した者の名、種族、属性を看破する。そう……」

レンズ越しに、アサシンは炎の神を見つめた。

煌《きら》めく神々《こうごう》しい姿に、無粋《ぶすい》な文字が重なって見える。

「……名前、ヴォルヴァドス。種族は、外なる神。そして属性は……善。そいつは悪じゃない。その真逆、善属性だ。悪に特攻、光の剣技や聖剣では、効かない」

この世界では、知恵ある魂は二つの属性に分類される。

他者を守り慈《いつく》しむ【善】と、自らの利益や幸福を第一とする【悪】である。

人々は教会で天啓を授かる折、それを知らされ、悪なる者は善に近づき、善なる者は悪に堕《お》ちぬよう戒《いまし》められる。魂の善悪はその振る舞いによってたやすく変わるが故に。

『ヴォル君、善属性だったんだ？』

『そりゃそうだ。オレは仲間や家族を守るために降臨した霊だからな。……善悪の属性ってのは変わりやすいし、行い次第で決まるところがあるからよ』

容易《たやす》くぶれ、振り切れる善悪の天秤《てんびん》。

人は常にそれを心がけ、悪に堕ちぬよう戒めて生きねばならぬ――。

「……くだらない説教だと思ったか？　だが、我々冒険者にとっては命に関わるんだよ。【勇者】は善なるものの極致。善行を積むことによって悪を滅ぼす力を得る！」

身を切るようにアサシンは叫ぶ。

鋭い言葉を投げかけられ、勇者だったものは呆然《ぼうぜん》と、それを聞くばかりだった。

「善の【勇者】が、身勝手に仲間を追放したり、巻き添えで殺していいわけがあるか！」

「そ、それくらい知っている！　だから、身勝手なんかじゃない！」

己を弁護するように、ノリスは声を張り上げる。

「用済みになった仲間と別れた時は、払ういわれもないのに報酬《ほうしゅう》を払った！　今も仲間を助ける手段を用意してある。見捨ててなんかいない、そうだろう!?」

「……お前の中では、そうなんだろうな。お前の中ではな」

深々とアサシンは息をつく。呆《あき》れるあまり、もはや怒りすら湧いてこない。

何が善で何が悪なのか？　その基準は個人のものだけではない。ノリスの基準で善なる行いであろうとも――聖剣と鎧《よろい》に刻まれた法則は、それを悪だと判断した。

「だから剣は折れ、鎧はお前を見放して朽ちた。……諦めるんだな、今のお前は」

真実の眼鏡にノリスを映す。薄汚れた裸の男に定められた、その属性は。

「【悪】――【天啓】を失った【破戒印《ギフテッド》】だよ。この、馬鹿め……！」

優れた天啓や職業の加護を持つ者を【金印持ち《ギフテッド》】と言い――。

それと真逆に、天啓を持たない、あるいは失った者は【破戒印】とされる。

大陸を統《す》べる神の法則、定められたルールに反した証。ノリスの《天啓》は光を失い、今やただの痣《あざ》となった。与えられた加護は消え失せて、その力は一気に衰えていく。

「うわああああああああああああああああっ!!」

髪を掻《か》きむしり、男は叫んだ。そのまま血走った眼でアサシンを睨《にら》む。

「そ、そんなこと……なんでもっと早く、教えてくれなかったんだ!?」

「常識だからだ。当然知っていると思っていた。【仲間を追放しちゃいけません】【仲間ごと攻撃しちゃダメです】なんていちいち教えるか？」

当然すぎて、誰も教えてくれないルール。

「どこでお前が間違ったのかは知らない。教育なのか、それとも自身の過ちなのか」

過去を覗《のぞ》き見る術《すべ》のないアサシンには判らない。

だが、言えることがあるとするならば。

「勇者以前に、冒険者として……人間として失格だ」

「………！」

静かな弾劾《だんがい》に、ノリスは力なく崩れ落ちた。

それと共に、迷宮の主が動く。ゆっくりと、ごく普通に歩いただけだ。

しかしそれだけで十分な恐怖となったのだろう。彼はすぐさま顔を歪めて、

「ひいいいいっ!!　た、助けて!!　助けてくれ!!　死にたくない!!」

命乞いを叫ぶ声を聞きながら、アサシンはそっと【切り札】のひとつを抜いた。

（破邪《はじゃ》の聖水……。これで少しはダメージを与えられるか？　いや……！）

小瓶《こびん》に詰め込まれた高位魔法の祝福は、邪《よこしま》なるものを打ち破る。

ゆっくりと迫る迷宮の主、その身を包んでいた炎は消えて、炎の神は元の鬼火となって浮いている。しかし属性まで変わるはずもない、即《すなわ》ち聖水はほぼ効かない。

（だが、迷宮の主には効くはずだ。浴びせ、隙《すき》を衝《つ》いて聖銀のナイフを打ち込む！）

残された手持ちの札は、たったそれだけ。

仲間は皆倒れている。気絶したバトルマスター、裸で転がる聖騎士、そして元勇者。

黒衣の袖《そで》が上がり、杖が掲げられる。刹那《せつな》、彼女は抜き打つように聖水を放った。

「……くっ!?」

バヂッ……！

見えざる魔力が、万力のようにアサシンの腕を掴《つか》んでいた。

詠唱《えいしょう》すら要らない、魔力に任せたごく単純な念動力。並の術者なら落とし物を拾う程度の力しかないが、迷宮の主……カルナのそれは、屈強な戦士のそれに等しい。

見えざる腕が聖水ごと左手を掴み、動かない。

「止めませんか？　――勝負はつきました。あまり乱暴にはしたくありません」

「金を貰《もら》ってるからな。契約は守る。最後まで戦うさ！」

もはや意地だけで体が動いた。自由な右手にナイフを握り、カルナめがけて投じる。

銀の光を曳《ひ》いて飛ぶ刃、しかし彼は驚きもせず横に躱《かわ》すと、足元に黒い髑髏《どくろ》のごとき霊を呼び出し、それに乗って宙を滑るように突っ込んでくる。

（……動けない。避けられない！）

反射的に身を躱そうとして、無理だと気づいた。

魔力で摑まれた左腕ががっちりと固く、アサシンをその場に固定している。

「がはっ……！」

硬直する彼女の間近に入り込んだカルナの杖が首筋を打ち、倒れた。

うつ伏せの身体《からだ》から力が抜け、完全に意識を失う。そのどさくさに紛《まぎ》れようとしたのか、いつの間にか元勇者が閉ざされた鉄格子《てつごうし》、出口を目指してコソコソと這《は》っていく。

「に、逃げないと。――ひぐっ⁉」

「これが当代の勇者？　嘘でしょ」

無様に這う裸の背に、鋭い踵《かかと》が深く沈む。

力なく潰れた男を踏みつけるように、瞬時に現れる女の姿。

空間を越え、転移魔法の名残《なごり》であるキラキラとした輝きを払いながら、その人物――。

「情けないにもほどがあるわね……がっかりだわ」

「な、なんだ！　なんなんだ、お前は!?」

「色欲の魔王、セシリア・イスラフィーリス。人類が【魔王】と呼ぶモノの一人よ」

麗《うるわ》しい唇を震わせて、蔑《さげす》むようにそう告げた。


「魔王様、すいません。危うく逃がすところでした」

「嘘おっしゃい。私が出てこなくても、簡単だったでしょう？」

「ぐえっ！」

閉鎖された《闘技場》に出入りできるのは勝者側のみ。すなわちカルナとセシリアで、元勇者ノリスが多少動いたところで、ここから脱出することは不可能だ。

だがそれでもカルナは不手際《ふてぎわ》を詫《わ》び、セシリアは微笑《ほほえ》みひとつでそれを許す。鋭い靴《くつ》の踵でグリグリと背筋を捩《ね》じられながら、勇者でなくなった男はセシリアを見上げた。

「ま、魔王が直接支配するダンジョンだったのか……。知っていればこんな無謀《むぼう》な挑戦、しなかったのに……！」

「たら、ればで過去は変えられないわ。結局のところ、今までのツケが回ってきただけ。重ねた悪事がなければこの土壇場《どたんば》で天啓をなくすこともなかったでしょうし、仲間と連携していればもう少し戦えたはずよ？」

「くっ！」

呆《あき》れるセシリアの下。踏み潰されながら、なんとノリスは笑顔を作る。

「お、お願いだ、命ばかりは……！　なんでも従う！　部下になるから……ぐえっ！」

「黙りなさい。……いらないわよ、キミごとき」

聞くに堪えない戯言《ざれごと》を、捩じるようなヒールで黙らせて。

「魔王軍を、舐《な》めないでね？」

「ヒッ……！」

「魔族は個人を重視する【悪】よ。――けど、だからこそ利益のために手を組み、一人では届かない果実に手を伸ばす。それが魔王軍、ただの自己中心主義とは違うわ」

痛みに悶《もだ》える元勇者の耳に、ぶつけられた言葉は届いていない。セシリアの視線は既に醜《みにく》い男から外れたまま、カルナへと注がれていた。

（セシリアさん。もしかして……僕に伝えようと？）

頭を過《よぎ》ったその考えが間違いではないと、すぐに解る。

少年と目を合わせたまま、静かに諭《さと》すようにセシリアは続けて、

「仲間を見捨て、善なるものであることを止めた、勇者ですらないアナタに――殺してあげるほどの価値はない。早くここから立ち去ることね」

「ひいっ……！　わ、わかった！　出ていく、今、出ていくから！」

セシリアが追い払うように手を払う。それを察したカルナは、倒れた三人をざっと見る。バトルマスター、聖騎士、そしてアサシンを順に見つめると、杖《つえ》を掲げる。

「アサシンの子にはまだ話があるわ、残ってもらいましょう」

「わかりました。――【亡霊輸送《ファントムムーブ》】！」

「うわあああああああああっ!?」

魔法の完成と共に、先ほどカルナを乗せていたものと同じ黒い悪霊が召喚された。

霊魂が髑髏の姿をとり、裸の男と気を失った聖騎士、バトルマスターを担《かつ》ぎ上げると、闘技場の鉄格子を越えて一人を残し、三人を遠く迷宮の外へと運び出す。

「人里までかなり距離があるわね。たどり着く前に死んじゃうかしら？」

「どうでしょう。この新ダンジョンのことは、逃げた騎士たちが報告してるはずですし、最近近くに偵察らしい冒険者の姿がいくつも見えました」

ここは人類と魔族の最前線だ。

偵察を請け負った冒険者、あるいは任務として来る騎士や兵士。ダンジョンへ立ち入ることはしないまでも、そうした形で訪れた者と合流できれば、生き残る可能性はある。

「けど、その後が大変ね。よりによって勇者が破戒印《はかいいん》だなんて、処刑ものよ？」

「……そう、ですね。そこまでする気はなかったんですけど」

「あら。復讐《ふくしゅう》を果たしたのに浮かない顔ね。どうかしら、気分は？」

からかうような質問に、カルナは仮面を脱ぎながら答える。

「それなりにスッとしました。だから、もういいかなって」

過去に囚われるのは、もう終わりだと。

奪われたよりも多くを得た。結果として、屈辱《くつじょく》は倍返しになった。魔王の部下と勇者として戦った結果で、望んだ復讐ではなかったけれど。

「僕を認めて、必要としてくれた魔王様……セシリアさんの部下として、立派な人類の敵になってみせます。だから今、戦えて良かったです！」

新しい人生をはじめるきっかけとして、ひとつの戦いを終わらせた。

失業賢者カルナ＝ネクロモーゼは逆転し、無双し、就職して――

「そう。……嬉しいわ、カルナ君。これからもよろしくね？」

「はいっ!!」

魔王と笑みを交わし、改めて契約を結ぶのだった。

エピローグ
EPILOGUE

――人類の勇者は敗北し、そして天啓すら失ったという。

王国は緘口令《かんこうれい》を敷いたが、壊滅した勇者一行を救出した冒険者から密かに情報は洩《も》れ、貴族や大商人、情報に通じた魔族などにも広く伝わって――およそ、一か月。

大陸中西部、ジールアーナ地方国境を越えた魔族領。

《強欲》の魔王が治める暴力の大地、カルカザーン地方にまで届いた。

「勇者が負けた、だと?」

カルカザーンに文明はない。ただひたすら奪い、積み上げるのみ。

ゴブリンやオーガ、亜人種の略奪部族を統《す》べる当代の《強欲》は他の魔王の如く本拠を持つことすらなく、ただひたすら移動しながら敵を殺し、略奪により己と軍勢を生かす。

幾度めかもう己も忘れたほど繰り返した遠征の帰り。人類の領域をさんざんに荒らし、連れ去った数百の奴隷《どれい》から搾《しぼ》り取った新鮮な魔力を、教会から略奪した聖杯に注ぐ。

「ハ！　しかもその場に……《色欲》の魔王が現れたらしいですぜ？」

「ううう……！」

運悪く捕らえられ、情報を吐かされた冒険者が呻《うめ》く。

玉座の代わりに転がる屍《しかばね》――この地を縄張りとしていたドラゴンの骸《むくろ》に座った偉丈夫《いじょうふ》は、狂暴に笑むと周囲に侍《はべ》る数百、数千、いや数万に達する軍勢を睨《ね》め回した。

「つまり、《鬼岩窟《きがんくつ》》……このグルガズ様のダンジョンを奪いやがったあげく、勇者の首まであのアマがかっさらっていった、ってことか？」

「ヒッ……!?」

居並ぶ怪物どもは、どれも一騎当千《いっきとうせん》の荒くればかり。亜人ばかりではない、岩山の如き体軀《たいく》の巨人や異形《いぎょう》の怪物に至るまで、一切秩序《ちつじょ》のない雑多な軍勢だ。

すべてに知性があるかどうかすら怪しい魔物どもが、ただひと睨《にら》みで怯《ひる》み、息を吞《の》む。それはこの魔族、巨人はおろかオーガよりも小さな男を心底恐れるが故であった。

ドラゴンの屍を踏みつけて、それ——

「話をつけに行かなきゃならねェな。あのメス犬魔王、セシリアとよ」

——《強欲》の魔王グルガズ・ザラガは、バキバキと指を鳴らしながら言った。

あとがき

読者の皆様、この度《たび》は『失業賢者の成り上がり　～嫌われた才能は世界最強でした～』をご購読いただきありがとうございます。こんにちは、作家の三河《みかわ》ごーすとです。

こちらの作品はニコニコ漫画レーベル『水曜日はまったりダッシュエックスコミック』にて連載していた漫画を原作とし、逆輸入的に小説として書き下ろした本です。漫画のほうは原作を私が、作画を漫画家のおおみね先生が担当しています。毎週日曜日に更新。『水曜日はまったりダッシュエックスコミック』なのに、日曜日に更新ってどういうことなんだとツッコミが聞こえそうですが、大丈夫、私も心の中でツッコミを入れてます。皆様と同じでございます。

さてこの『失業賢者の成り上がり』ですが、私としては初めてRPGゲーム風ファンタジー世界を舞台にした作品となっています。ダッシュエックス文庫様で以前出版させていただいた『逆転召喚』は、異世界召喚モノではありつつも、本の中の世界に飛ばされる設定となっており、若干《じゃっかん》オリジナル異世界の雰囲気《ふんいき》になっていましたが、今回は「もっと極端に振り切ろう!」となり、勇者や魔王が存在し、王道のモンスターにＪＯＢ的な概念《がいねん》もある世界を描きました。

主人公が死霊術の使い手だったり、魔王が巨乳のお姉さんであることについては、ＲＰＧ的な世界観を実現するためには必要不可欠で、云々《うんぬん》と理屈をつけようとしましたが、イイ感じの言い訳が思いつきませんでした。すみません、ただの趣味です。

謝辞《しゃじ》です。

小説版のイラストを担当してくださった、ごくげつ先生。悶絶必至《もんぜつひっし》の最高のおねショタ絵をありがとうございます。主人公の強さと可愛《かわい》さを兼ね備えたイラスト表現でした! これからも引き続き、『失業賢者』をどうぞよろしくお願いいたします!

漫画版作画担当のおおみね先生。毎週の連載、本当にお疲れ様です! 毎回原作の魅力を何倍にも膨《ふく》らませた神ネームが届くので、原作者でありながら一読者としても素直に楽しんでいます(笑)。これからもどうぞよろしくお願いいたします!

ダッシュエックス文庫の担当編集Ｈさん。いつも読者目線での的確なアドバイス、ありがとうございます。自分だけでは突っ走りがちな物語や設定に、客観的な目が入ることで、より多くの方にとって、親しみやすい作品になれている気がします。

そして、前述した方々の他にも、『失業賢者』の出版に携《たずさ》わるすべての関係者の方々に、心からの感謝を。皆様のおかげで作家は作品の内容だけに集中していられます。

最後に、手に取ってくださったすべての読者の皆様へ。本当にありがとうございます。これからもカルナやセシリアといった『失業賢者』の面々を末永く愛してくれると嬉しいです！　続刊などでまたお会いできる日がくることを願っています。以上、三河ごーすとでした。

ズズゥゥン
第1話
「地底に眠る伝説の地竜を倒し【瞳】を持ち帰れ」か
難易度の高いクエストだけど…
ゴゴッ
脆弱《ぜいじゃく》なる人間よ
偉大なる竜王の贄《にえ》となることを誇りに思うがいい！

第1話

ドゴォ
シュウウウ
グハハハハ!! 脆弱 脆弱なり 人間!!
我らが眷属《けんぞく》が地上を奪還する日は近――
ザァア
ドッ
!?

ボロ
ドッシャアア
グおおおお
我が腕があああ
なんだこれは!?
腕だけ…っていうのも
やればできるんだね
これなら
力を抑えれば
なんとかなるかな?

【腐敗の風】

ガロ…
ズズシャアア
コロコロ
あ！瞳だ！
ブシュウウ

ああ… 戦利品が… これじゃクエスト報酬 もらえないよ…
ドロオォ
ぐいっ
【啓示】により 天から与えられた 刻印が示すのは 職業【賢者】
才能【死霊術】
最初は強そうな アタリ職業だと 喜んだけど とんでもない
あちゃー
魔法の出力が 全部大きすぎて クエスト達成の証明まで 溶かしてしまう
ぐちゃ

力を抑えればイケそうだけどさじ加減が難しいな
ごっぽ
高報酬の魔物だとトライ&エラーがしにくい
ごっぽ
安くてももっと小さい案件から請《う》けるべきか？
ゴブリンとかスライム退治とか…
でも それだと実家のお祖父ちゃんお祖母ちゃんに仕送りできないしなぁ
何か残ってないかな
勇者様のパーティーに雇ってもらえて安定収入が約束されてたはずなのに
ははっ
なんでこんなことになったんだろうね

コト…
――1か月前
カルナもとうとう13歳なんだねぇ
しかしまさか【天啓の儀】で【賢者】の刻印を与えられるとは！
この子はこんなショボい村で収まる器じゃないとは思ってたけどねぇ
うん！すごい賢者になってたくさん稼いで2人をお金持ちにしてあげるからね！

老い先短い
ワシらのことなんてどうでもいいさね
カルナ自身が幸せにおなり
うむ！うむ！
ううん ずっと決めてたことなんだ！
ぷるぷる
小さい頃にお父さんとお母さんを亡くした僕を引き取って
育ててくれたのはお祖父ちゃんとお祖母ちゃんだから
2人が生きてるうちは僕がたくさん稼いで
いっぱい贅沢をさせてあげるんだ…って

ぶわわっ
うおおおお!! なんていい子 なんじゃあああ!!
わわっ 苦しいよ!
がしっ
コンコン
お客さんだから出るね
あ! はーい!
ガチャ

ドーン
こんにちは カルナ・ネクロモーゼさん ですか？
この世界では 13歳になると 成人と認められ 【天啓の儀】を行う
儀式によって 神様から【刻印】を 授けられ
天性の【職業】と 【才能】を得た者は その力を社会で 役立てるべく 独り立ちしていく
特に【聖騎士】【バトルマスター】 【魔法剣士】【賢者】等の 【刻印】を与えられた者は 【金印持ち《ギフテッド》】と呼ばれ
自動的に 王都のギルドに 登録される
金印持ち《ギフテッド》の 特権は様々だ
優先的に 高報酬の仕事を 紹介されたり
さらには――

——魔王を討伐する使命を帯びた伝説の勇者一行にスカウトされる可能性がある
王都であなたの登録情報を見て来ました
13歳の【賢者】
才能は蘇生魔術も扱える貴重な才能——
【死霊術】
ふよ…
ふよ
これから激化する魔族との戦闘であなたの力はきっと必要になることでしょう
成長の伸びしろも大きい
僕にそんな大役が務まるでしょうか？
…

パァァァ
もちろん あなたにしか できないことですよ！
勇者様…
でもやっぱり 僕ごときが魔王軍と 戦うなんて
勇者は王国から 経済的支援を 受けられるから
僕と同行する英雄には 毎月大金が支給されるよ
ポン

ガシッ
やります!
現金な子だねえ
ほっほっほ
素直でイイ子
じゃないか
こうして僕は
勇者一行の一員として
旅をすることになった
ザッ

オーガか
初戦としては
手ごわいが
カルナ君
君の力を見せて
もらおうか
はい！
【死霊弾《ゴーストショット》】!!
ズゥゥン
……………
やったー
!!

くっ！
モンスターに
囲まれた！
村人も守らないと
いけないのに…！
勇者様 それなら
こっちも味方を
増やしましょう！
えっ!?
【屍者創生《クリエイトアンデッド》】
ボゴッ
ボゴッ
ボゴッ
ズズ…
ザッ

よし！ゾンビが戦っている間に村人を逃がすぞ！
ユラ…
勇者様危ない！
ブン
ドン
べちゃ
【汚泥の弾丸《ダーティーショット》】!!
!?
ド
ロ
オオ〜

ズリィィャァ
連戦連勝!
僕ができることはお爺さんの地縛霊や野生動物の霊を操るくらいだけど
ヤッタネカルナー!
うまくやっていたと思う
でも
すまないカルナ君!
僕らのパーティーを抜けてくれないか!

ええッ!?
僕 お力になれて
なかったですか?
いや むしろ
すごく
助かってるんだけど…
違うでしょ!
そいつは
パーティーの和を
乱すだけの役立たずよ!
女バトル
マスターさん…
前衛職なのに
いつも前に出ないで
後ろでウロウロしてた
人だ
ドオオ
オロ オロ

そいつの汚くて
キモい技のせいで
私が攻撃できない
じゃない!
私の仕事を
奪おうとして
わざとやってるでしょ!
え なんで
そうなるんですか?
普通に
攻撃できますよね
あんな腐って
ドロドロになった魔物
素手で殴れって言うの!?
プイ
ええ…そんなことで
殴れなくなるの?
仕事ですよね?
あなたも
そう思うわよね?

はい…
わたくしも
その…
カルナ君が
使う不浄の魔法が
生理的に無理です
生理的に無理って
そんな理不尽な理由で
嫌われましても
ずーん
酷なことを
言っているのは
理解している
だけど
君ほどの強さがあれば
よそでも
やっていけるだろう
ま 待ってください!
この場合
僕の報酬は――

来てもらって
まだ1か月――
試用期間を
過ぎてないから
王国からの支給は
ないんじゃないかな
ええつ⁉
こ 困ります!
実家に仕送りしなくちゃ
いけないのに
こんなの酷いです
僕の才能が
【死霊術】というのは
わかってましたよね⁉
今更 僕の魔法が
気に入らないから
クビなんて
あんまりです!

そう言われてもね…
もともと
君に期待してたのは
【蘇生魔術】だけなんだ
彼女達が
嫌ってる気持ち悪い
魔法はいらなかった
そういうこと！
この子が【蘇生の奇跡】を
憶えるまでの
繋ぎが欲しかっただけ
アンタが余計な
ことしなきゃ
一緒に旅しても
よかったけど
キモい技ばっか
使う奴とは
一秒でも一緒に
いたくない！
コクリ
ああ…
そういうことか

言い出したのはこのバトルマスターだ
ふんっ
活躍を奪われクビになるのを恐れて僕を追放しようとしてるんだ
聖騎士の人はただ「気持ち悪い」ってだけでバトルマスターに同調した
こっちも【蘇生】が被《かぶ》っているのを危惧してるのかも
そして勇者——
まぁまぁ
「せっかくなら美少女をパーティーに残したい」って本音が透けて見える
駄目だ…
「声の大きい女性に嫌われた」その時点で運命は決まっていたんだ
…わかりました

これまで
お世話になりました
ザッ
待ってくれ
カルナ君！
こんなことになって
本当にすまないと
思っている
少ないが
俺から感謝の気持ちだ

ふりふり
チャリン…
…500ゴールド
本当に少ないな

別れても
俺達の友情は永遠だ
君の活躍を遠くから
応援してるよ！
かっ
に
この人 なに最後に
イイ人みたいな顔
してるんだろう
こうして
僕は勇者パーティーを
クビになり
じゃあな！
【失業賢者】と
なってしまったのだ

…
ぽんっ
あ！この展開知ってる！
最近
都の吟遊詩人の間で
流行ってる
「パーティー追放系」
って物語だ…！
追放系ならこれから良いことあるよね！
まずは王都で転職活動しよう！

コミック版
失業賢者の成り上がり
THE RISE OF THE UNEMPLOYED WISE MAN
～嫌われた才能は世界最強でした～
何故 人間が旧神ノーデンスを従えているのだ!?
漫画でもカルナとセシリアが大活躍♪
原作：三河ごーすと
漫画：おおみね
①～④巻
大好評発売中!!
ヤングジャンプコミックス

はい
おはよう
カルナ君
キミもよく
眠れたかしら?
どーーーん
契約金
200万ゴールド
年棒2000万
ゴールドを約束するわ
その美しい魔法を
私の傍で　もっと
私に見せてちょうだい
パサッ
もう
悪い子
【腐敗の風】
ニコニコ漫画 水曜日はまったり ダッシュエックスコミックで大好評連載中!
続きはコミックスで!

この作品の感想をお寄せください。

あて先　〒101-8050　東京都千代田区一ツ橋2-5-10
集英社　ダッシュエックス文庫編集部　気付
三河ごーすと先生　ごくげつ先生

ダッシュエックス文庫

失業賢者の成り上がり
〜嫌われた才能は世界最強でした〜

三河ごーすと

2021年5月30日　第1刷発行

★定価はカバーに表示してあります

発行者　北畠輝幸
発行所　株式会社　集英社
〒101−8050　東京都千代田区一ツ橋2−5−10
03(3230)6229(編集)
03(3230)6393(販売／書店専用) 03(3230)6080(読者係)
印刷所　大日本印刷株式会社

ISBN978-4-08-631423-7 C0193

ダッシュエックス文庫

モンスター娘のお医者さん6
折口良乃
イラスト／Ｚ《ぜっ》トン

水路街に毒がまかれる事件が起きた。容疑者のひとり、グレンの兄が現われ事態が混迷を極める中、助手のサーフェが姿を消して…!?

モンスター娘のお医者さん7
折口良乃
イラスト／Ｚ《ぜっ》トン

収穫祭開催のためには吸血鬼の承認が必要!? なりゆきでその大役を任されてしまった医師グレンは、有力者の吸血鬼令嬢と出会うが…。

モンスター娘のお医者さん8
折口良乃
イラスト／Ｚ《ぜっ》トン

3人の婚約者を連れて故郷へ向かったグレン。長らく絶縁状態だった厳格な父と再会し重婚の報告をすると、思わぬ事態に発展して…?

モンスター娘のお医者さん9
折口良乃
イラスト／Ｚ《ぜっ》トン

診療所が独立し、グレンはより幅広い依頼を受けるように。ある時、人間領へ派遣する親善大使候補の健康診断を担当することに…?

ダッシュエックス文庫

モンスター娘のお医者さん0
折口良乃
イラスト／Zトン

マルクスちゃん入門
おかゆまさき
イラスト／あなぽん

異世界魔王の日常に技術革新を起こしてもよいだろうか
おかゆまさき
イラスト／lack

劣等職の最強賢者
～底辺の【村人】から余裕で世界最強～
延野正行
イラスト／新堂アラタ

グレンとサーフェのアカデミー時代を描いた公式スピンオフ！　ケルベロス、ドール、カイコガ…今回もモン娘たちを診療しまくり！

英霊召喚は失敗しました！　勝手に出てきた変態哲学少女カール・マルクスが恋愛の最底辺労働者たちへ贈る思想革命ラブコメッ!!

不幸な事故で亡くなった玩具会社の社員が、異世界に〝魔王〟として転生!?　かつて開発したおもちゃの力をスキルにして無双する！

あらゆる職業を極めた大賢者が、魔法の使えない村人に転職!?　馬鹿にする声を聞き流し、実は万能な村人の力で最強へと成り上がる！